50 centimes l'Ouvrage complet.

Collection " **In Extenso** "

ALPHONSE ALLAIS

LE CAPTAIN CAP

Marcel Capy

LA RENAISSANCE DU LIVRE
ÉD. MIGNOT, ÉDITEUR

78, Boulevard Saint-Michel. — PARIS

LE CAPTAIN CAP

Alphonse Allais

LE
CAPTAIN CAP

PARIS
LA RENAISSANCE DU LIVRE
ÉD. MIGNOT, ÉDITEUR
78, BOULEVARD ST-MICHEL, 78

ALPHONSE ALLAIS

C'est à Honfleur, en 1854 que naquit Alphonse Allais.

Celui qui devait être un de nos humoristes les plus appréciés, débuta prosaïquement à Paris comme... étudiant en pharmacie. Trouva-t-il dans quelque mixture inconnue le secret des saillies cocasses et les vertus du pince-sans-rire? Allais ne l'a jamais dit.

Quoiqu'il en soit, quittant Histoire naturelle et Chimie, nous le voyons bientôt, en joyeuse compagnie, faire l'ascension de la Butte sacrée, et commencer au célèbre cabaret du Chat-Noir une carrière qui devait être féconde.

Doué d'une faconde intarissable, Alphonse Allais a toujours été considéré comme le prototype de l'humoriste contemporain.

Ce grand gars normand, blond au visage rose, avait un aspect presque mélancolique, et c'est avec un sérieux que rien ne pouvait démonter qu'il narrait à ses interlocuteurs les saillies les plus drôles, les « blagues » du plus haut comique et les plus formidables.

Son œuvre est considérable: *L'affaire Blaireau, L'Arroseur, Deux et deux font cinq, Un mécontent, On n'est pas des bœufs, Pauvre bougre et bon génie, Pour cause de fin de bail, En riboul-*dinguant etc..; deux ouvrages en collaboration . *Silvérie* et *Dans la peau d'un autre* (ce dernier édité à la Renaissance du Livre); enfin une pièce en 3 actes, en collaboration avec F. Galipeaux et P. Bonhomme: *Monsieur la Pudeur.* Il collabora, en outre, à plusieurs périodiques : le *Chat Noir*, le *Tintamarre*, le *Gil Blas*, puis ensuite au *Journal* où ses chroniques amusantes, sous le titre de *La vie drôle* furent toujours vivement appréciées du public.

Comme écrivain, Alphonse Allais montre des qualités de verve et de finesse, auxquelles s'allie la science du mot drôle et de l'ironie légère, c'est l'esprit gaulois dans toute sa pureté avec ses brillantes qualités de gaieté et d'originalité.

Allais n'aborda jamais le genre grave : dans ses conversations il fit bien allusion à des ouvrages sérieux qu'il avait en préparation; il le disait avec gravité, mais cette gravité même a toujours dissimulé chez lui la plaisanterie et en l'occurrence c'en était une.

L'auteur du *Captain Cap* est mort à Paris en 1905, ne laissant, chez ceux qui l'ont connu, que le souvenir d'un excellent camarade et d'un brave cœur.

LE CAPTAIN CAP

PREMIÈRE PARTIE

Le Captain Cap devant le suffrage universel

AVANT-PROPOS

Il importe tout d'abord de dissiper une des plus grossières erreurs de ce temps et des plus néfastes.

Le Captain Cap n'a jamais existé, assure-t-on couramment au sein de certaines sphères d'habitude mieux informées.

Qu'en savent-ils, ces gens?

J'admets que vous affirmiez l'existence de quelqu'un, quand vous le connaissez, ce quelqu'un, quand sûr de vos sens, vous l'avez vu, senti, palpé, entendu.

Et encore, se méfier de l'hallucination.

Mais, de ce que les hasards de la vie ne vous ont jamais mis en contact matériel avec un quidam, prétendre et conclure que ce quidam n'existe pas ou n'existe point, c'est pousser trop loin la théorie du regretté saint Thomas.

Raisonnement pareil à celui de ce gentleman qui disait au président du tribunal correctionnel :

— Trois témoins affirment m'avoir vu commettre ce larcin. Mais je vous en citerai, moi, quinze mille qui ne m'ont pas vu!

N'insistons pas.

Le Captain Cap a donc bien existé.

C'était un homme charmant, dont les pages qui suivent diront assez le caractère, les idées, la vie.

Et, d'ailleurs, afin qu'il ne demeure aucun doute sur la réalité de l'existence de notre héros, nous faisons débuter ce recueil par des pièces d'une indiscutable autorité; 1° les admirables proclamations aux électeurs de la 2ᵉ circonscription, IXᵉ arrondissement, desquels il sollicitait les suffrages lors des élections législatives du 20 août 1890; 2° les comptes rendus de plusieurs séances électorales où il eut à présenter et à défendre son programme; 3° l'appréciation de certains journaux de l'époque sur la personnalité de Cap et sur ses idées si originales.

Se permettra-t-on de douter encore?

Ville de Paris

Aux Électeurs du IXᵉ arrondissement
2ᵉ circonscription (1).

UN MOT SUR LE CAPTAIN CAP

Celui qui voudrait rencontrer l'homme du jour n'aurait pas à le chercher ailleurs que dans la peau du Captain Cap, votre candidat.

Le Captain Cap! Tout le monde en parle aujourd'hui, mais combien peu le connaissent!

J'ai l'honneur d'appartenir à cette petite élite.

La première fois que j'eus le plaisir de rencontrer Cap, c'était au bar de l'hôtel Saint-Pétersbourg; la seconde fois à *l'Irish*

(1) Dont notre am Escudier est actuellement le vaillant édile.

Bar de la rue Royale; la troisième, au *Silver-Grill;* la quatrième, au *Scotch Tavern* de la rue d'Astorg; la cinquième, à l'*Australian Wine Store* de l'avenue d'Eylau (1).

Peut-être intervertis-je l'ordre des bars, mais, comme on dit en arithmétique; le produit n'en demeure pas moins le même.

Tout de suite, Cap me plut. Le récit de ses aventures, les petits refrains exotiques qu'il se plaît à fredonner entre temps, ses aperçus toujours neufs, sa haine de la Bureaucratie et de l'Europe, tout en Cap me charma et nous fûmes vite d'excellents amis.

Il n'y a qu'à gagner à la fréquentation de tels hommes, et les notions que j'ai acquises depuis ma liaison avec Cap, tiennent presque du prodige.

Le Captain Cap a énormément voyagé. Quand il dit :

— J'ai passé les trois quarts de ma vie sur mer et les deux tiers de mon existence dans les terres vierges, etc., etc...

Il ne faut voir dans cette assertion aucune exagération, aucun *bluffage.*

A Québec, Cap remplit pendant dix-huit mois les importantes fonctions de starter à l'Observatoire.

C'est lui qui donnait le départ aux étoiles filantes.

Au Labrador, Cap découvrit les importantes mines de charcuterie (*meat-land*) qui sont actuellement la fortune de ce pays.

J'ai donné dans plusieurs journaux, voilà tantôt un an, l'explication absolument plausible de l'existence de ces carrières nutritives. J'ai attendu des démentis; ils ne sont pas venus (2).

Notre ami Cap est donc candidat à la députation. Je connais la deuxième circonscription du neuvième arrondissement, et je suis tranquille.

Que Cap passe au premier tour de scrutin,

je n'oserais l'affirmer ; mais le ballottage pourrait bien réserver d'amères désillusions à MM. Strauss et Berger (1).

Le programme de Cap est bien simple et se passe d'explications : Cap est anti-européen et antibureaucrate.

En dehors de ces deux grandes lignes, toutes les revendications des électeurs sont les revendications de Cap.

Dans la dernière réunion électorale, qui s'est tenue à l'*Auberge au Clou,* quelqu'un a demandé le nivellement de la Butte Montmartre ; Cap s'est engagé à faire niveler la Butte Montmartre.

Cap s'est également engagé à prolonger l'avenue Trudaine jusqu'à la place de la Concorde.

— Par quel bout ? s'informèrent quelques électeurs.

— Par les deux bouts, répondit le Captain.

Un artiste dramatique interrogeant le Captain sur la question du *blanc gras,* dont le prix, paraît-il, est fort élevé, Cap s'est engagé à détaxer le *blanc gras* venant d'Allemagne et même à provoquer en France la création d'une fabrique nationale de ce produit sur le modèle des usines d'État de Sèvres et des Gobelins.

Cette question du *blanc gras* n'était pas pour laisser le Captain Cap indifférent, car il s'est beaucoup occupé, lui-même, et s'occupe encore de théâtre.

Dernièrement, il a créé un rôle important dans une pièce que donnait la Société *le Gardénia,* et le père Sarcey n'hésita pas à lui consacrer un article fort élogieux en première page du *Chat Noir.*

Maintenant la parole est au suffrage universel. Nous saurons, dimanche soir, si [...] eut raison de lutter si âprement pour cette institution.

Dans une proclamation de Cap, que vous connaissez déjà, on trouve cette phrase que l'on ferait bien de méditer :

(1) Comme c'est loin tout ça ! Et que d'établissements disparus depuis cette époque, ou transformés, ou absorbés par de puissants voisins, tel ce pittoresque *Irish Bar* de la rue Royale qu'incorpora la florissante Brasserie Véber !

(2) Quelques pages plus loin, le lecteur pourra juger par lui même.

(1) C'est à nous, hélas, qu'un proche avenir devait réserver ces mêmes désillusions. Grâce à certaines manœuvres que j'aurai le bon goût de ne point rappeler, M. Berger l'emporta sur notre brillant candidat.

Loin d'être l'apanage de certains, l'assiette au beurre doit devenir le domaine de tous.

L'homme qui a dit cette parole a sa place marquée au Palais-Bourbon.

Électeurs, aux urnes, et pas d'abstentions !

Votez pour le Captain Cap !

Hip ! Hip ! Hip ! Hurrah !

Pour un groupe d'électeurs,

Signé : Alphonse ALLAIS.

Vu : Le candidat : Albert C... dit Captain Cap.

PROFESSION DE FOI DU CAPTAIN CAP

Citoyens,

Homme neuf, j'arrive avec des idées neuves.

Je veux vous faire profiter de ces idées, et c'est pourquoi je viens à vous.

Si vous me nommez, c'est un honnête homme que vous enverrez au Palais-Bourbon. **Je ne crois pas devoir en dire davantage.**

Après vingt ans de mer et de Far-West, lorsque je remis le pied sur le cher sol natal, qu'y trouvai-je ?

Mensonge, calomnie, **hypocrisie**, mal-versation, **trahison**, **népotisme**, **concussion**, **fraude** et **nullité**.

L'origine de tous ces maux, citoyens, n'allez pas la chercher plus loin : c'est le **microbe de la bureaucratie.** Or, on ne parlemente pas avec les microbes.

ON LES TUE !

Et c'est ce que je me suis juré de faire en dépit de tous.

Certains politiciens, vous le savez, ont intérêt à maintenir ce triste état de choses. Car, ce qui ruine le peuple, les fait vivre et les engraisse.

Mais ils sont assez gras comme cela, ces hommes néfastes.

Écartons-les de nous.

Loin d'être l'apanage de certains, **L'ASSIETTE AU BEURRE** doit être le privilège de **TOUS.**

Jetons donc sans crainte le cri d'alerte tandis qu'il en est temps encore.

Le vaisseau que nous montons est fait du chêne des vieilles forêts de France. La sève du sol gaulois circule dans ses flancs S'il fait eau, radoubons-le et ouvrons l'œil au bossoir.

Déposons sur l'île déserte de l'oubli les nullités endimanchées qui ont essayé d'entraver notre marche en avant.

Jetons par-dessus bord paperasses et registres, et, avec les ronds-de-cuir de ces incapables, faisons des bouées de sauvetage.

J'ai dit ce que je voulais.

ASSEZ CAUSÉ !

Il faut défricher avant d'ensemencer. Défrichons !

Lorsque nous aurons enlevé jusqu'au dernier brin d'ivraie, nous verrons refleurir avec plus d'éclat que jamais la **loyauté** et l'amour de la **Patrie,** ces deux fleurs symboliques sans lesquelles sont vains les trois mots inscrits au fronton de nos édifices : *Liberté, Égalité, Fraternité.*

Citoyens,

Il vous faut un homme d'action, je suis prêt.

A dimanche donc, et pas d'abstentions.

Vive la République libre et sans bureaux !

Albert C..., dit CAPTAIN CAP.

LE PROGRAMME
DU
CAPTAIN CAP

1° Établissement d'un fort sur la butte Montmartre ;

2° Établissement d'un observatoire sur la même butte ;

3° La place Pigalle port de mer ;

4° Fabrication des blancs gras en France ;

5° Suppression de l'impôt sur les bicyclettes ;

6° Rétablissement de la licence dans les rues au point de vue de la repopulation ;

7° Continuation de l'avenue Trudaine jusqu'aux grands boulevards ;

8° Suppression de la bureaucratie ;

9° Établissement sur la butte d'une Plazza de toros et d'une piste nautique ;

10° Suppression de l'École des Beaux-Arts, etc., etc.

PROCLAMATION D'UN GROUPE D'ÉLECTEURS

ÉLECTION LÉGISLATIVE DU 23 AOÛT 1893.

(IXᵉ arrondissement, 2ᵉ circonscription.)

Comité anti-européen et antibureaucrate.

Citoyens,

Saint-Just a dit : « Vous avez renversé l'aristocratie, mais vous avez créé la bureaucratie.

Il y a cent ans de cela et aujourd'hui la *bureaucratie* est plus que jamais toute-puissante.

Elle a tout englobé, tout absorbé, tout envahi. C'est *elle* qui étouffe les génies et tue les grandes idées ; *elle* est la plaie européenne et l'entrave à tout progrès.

Jusqu'ici aucun des candidats qui se sont présentés n'a paru soupçonner l'existence de ce monstre formidable accroupi aux portes de la civilisation.

Cette pieuvre aux 100.000 tentacules, nul n'a osé l'attaquer.

Or, un homme s'est levé :

LE CAPTAIN CAP.

Et c'est dans le quartier Saint-Georges qu'il a voulu être le Saint-Georges de ce *Dragon*.

Un homme s'est levé, citoyens, et cet homme a regardé autour de lui.

Son regard a été obscurci par des nuages de sandaraque.

Autour de lui il n'a vu que paperasses, ignorance, incurie et routine.

— *Plus de ronds-de-cuir,* s'est-il écrié. Assez longtemps nous avons obéi aux manches de lustrine.

Les temps sont venus de renverser cette bastille de cartons verts.

Alors, sans hésiter, à notre demande, il a tout quitté, son bord et ses chères études, pour saisir la barre du paquebot de nos revendications.

— Tout le monde sur le pont, a-t-il commandé et à l'abordage de la galère bureaucratique.

Citoyens, cet homme est le vôtre.

Nous sommes sûrs de lui comme de nous-mêmes : nous avons son passé comme garantie. Astronome distingué, chimiste, baleinier, ingénieur, pêcheur de perles, trappeur, négociant et surtout vaillant marin, il a, au cours de ses incursions dans les différentes parties du globe, acquis une expérience incontestable.

Ayant gardé au cœur l'amour vivace de la terre natale, il a conçu pour les institutions vermoulues de sa patrie une haine implacable.

Au Far-West, le *Captain Cap* a combattu les Arapahoes. Il les a vaincus ; il a scalpé leur chef.

Il va s'attaquer maintenant à ceux que, dans son langage imagé, il appelle : les sauvages blancs, les plus dangereux de tous.

Telles sont, citoyens, les grandes lignes de notre programme.

Le Captain, comme il nous l'a dit, est de plus nettement anti-européen.

L'expression d'une idée aussi noble et aussi généreuse se passe de commentaires.

Donc, citoyens, aux urnes et pas d'abstentions.

VOTONS POUR ALBERT C...

dit le

CAPTAIN CAP.

Maurice O'Reilly, Paul Frény, Alphonse

Allais, Raoul Ponchon, Georges Auriol, Léon Gandillot, Howard Symonds, Georges Courteline, Emile Goudeau, Armand Berthez, Raphael Shoomard, Jean Prairial, Narcisse Lebeau, Paul Clerget, Henri Joseph, le prince Joe Masson, Barral, Brunais, Duplay, Gatget, Lacault, A. Bert, Jules Jouy, Gérault du « Cantal », Edouard Million, J. Paulet, Darcey, Alfred-Amand Montel, Jehan Sarrazin, Félix Huguenet, Paul Robert, Berthier.

UNE RÉUNION ÉLECTORALE
DU CAPTAIN CAP

La séance est ouverte à neuf heures et demie.

Elle est présidée par le citoyen Maurice O'Reilly, dont l'éloge n'est plus à faire, et dont les électeurs du IXe ont pu maintes fois apprécier la valeur.

La présidence d'honneur est décernée au grand proscrit Alphonse Allais, victime de l'infâme bureaucratie (1).

Après avoir en quelques phrases brèves, mais énergiques, exposé les idées générales du Captain Cap, le citoyen Maurice O'Reilly donne lecture de trois télégrammes qui viennent d'arriver :

Saint-Malo.

A vous de cœur et en dépit de tous.

Alphonse ALLAIS.

Porte un toast à la santé du Captain Cap, et bois à ses succès.

Raoul PONCHON.

Le Havre.

Amis du Havre réunis café Régis, nous chargent d'envoyer bons souhaits au vaillant

---

(1) M. Alphonse Allais ne se trouvait pas, en effet, à Paris ce jour-là. Si ses souvenirs sont exacts, il était en Normandie, mais — soyons justes avant tout — l'infâme bureaucratie n'avait rien à voir à ce déplacement.

Captain Cap, et poussent trois hurrahs en son honneur.

Fraternellement vôtres.

Jules HEUZET, Albert RENÉ, VALLETTE, SIEGFRIED, FAUTREL.

Le Captain Cap visiblement ému se lève, et après avoir déclaré qu'il est extrêmement touché de ces marques de sympathie, termine en disant qu'on verra par la suite si oui ou non il en est digne.

Le citoyen Berthez prend alors la parole en ces termes :

Citoyens,

Je connais depuis fort longtemps le Captain Cap, je l'ai suivi dans bien des opérations; j'ai même eu l'heureuse occasion de l'accompagner dans un de ses voyages : j'ai donc pu l'apprécier mieux que tout autre, et c'est à ce titre, citoyens, que je demande la parole.

Albert C..., connu surtout sous le nom de « Captain Cap », a raison d'être fier de ce dernier titre, car il l'a conquis au péril de sa vie, mille fois menacée.

Citoyens, je vais essayer de vous retracer les différentes phases de l'existence tourmentée du Captain Cap.

C'est une lourde tâche que je m'impose, étant donné le peu de moyens oratoires dont je dispose, mais j'ai la ferme conviction que vous écouterez avec indulgence le récit que je me propose de vous faire.

Le Captain Cap, imbu dès sa plus tendre enfance des principes démocratiques, fut ce qu'on appelle un enfant précoce, ou plus vulgairement un « petit prodige » ainsi que le constatait souvent un vieil ami de la famille, mort depuis, de la rupture d'un vaisseau — ce qui, je le ferai remarquer en passant, indique nettement l'idée de navigation qui régnait dans l'entourage du Captain Cap.

En dépit de la position aisée dont jouissaient ses ascendants, le Captain Cap voulut s'asseoir sur les bancs de l'école communale.

De bonne heure il développa ses théories sur la bureaucratie...

A dix ans, il placardait un manifeste sur les murs de l'école, ce qui l'eût infailliblement fait expulser de ladite, si, par un discours plein de philosophie, il ne s'était aussitôt réhabilité aux yeux de ses professeurs, qui déclarèrent hautement n'avoir jamais rencontré de précédent à ce phénomène intellectuel.

A cette époque déjà lointaine, le Captain Cap n'était donc pas le premier venu. Et alors (comme maintenant) il eût été puéril ou déloyal de le nier. (*Applaudissements.*)

Je continue. A mesure que le Captain Cap avance en âge, on le voit triompher dans nos lycées, défendant énergiquement ses principes, et faisant des prosélytes.

Enfin, à dix-huit ans, écœuré de notre incurable routine, et las de combattre en vain l'indécrottable esprit bureaucratique européen, il se dirige vers l'Amérique.

Là, citoyens, une vie nouvelle commence pour le Captain, et, s'il m'était permis de jurer ici, sur ma propre tête, je crois qu'il me serait impossible de trouver une formule assez énergique pour vous dire que, sans l'instruction qu'il possède et l'incoercible énergie qui le caractérise, nous n'aurions peut-être pas aujourd'hui la joie de le présenter à vos suffrages. (*Très bien, très bien!*)

Je ne vous énumérerai pas tous les exploits du Captain Cap, sa vie dans le Far-West et en Australie, ses mille aventures maritimes, ses travaux scientifiques..., non, ce serait trop long. D'autres le feront du reste mieux que moi en temps voulu.

Il débarque en Amérique avec soixante francs; se met courageusement au travail, entre au service d'un armateur, et, grâce à son intelligence, à son sang-froid et à sa perspicacité, triomphant de tous les obstacles et menant à bien les diverses missions qui lui sont confiées, il conquiert enfin son titre de Captain.

Plus tard, ayant acquis une ferme en Californie, il a maille à partir avec les Indiens. Mais Cap est un cavalier de premier

ordre, sa carabine est plus sûre que celle du terrible *Red-Shirt* et nul mieux que lui ne sait manier le *bow-knife;* en huit jours, il scalpe trois chefs indiens et met ses agresseurs en déroute.

Je vous ai parlé tout à l'heure de l'incomparable sang-froid du Captain. Une simple anecdote à ce sujet :

Un train de 200 personnes (parmi lesquelles le Captain Cap) descendait une pente formidable sur une des lignes les plus considérables de l'Amérique, lorsque soudain, le frein vint à se briser en dépit des efforts désespérés du mécanicien.

Le convoi se mit alors à rouler avec une rapidité vertigineuse. Des cris déchirèrent l'air, et la panique fut telle que la plupart des voyageurs affolés se précipitèrent sur la voie et furent réduits en miettes impalpables.

Lorsqu'après vingt-deux heures, le train s'arrêta enfin, on trouva le Captain Cap qui tranquillement assis sur un sac de maïs fumait sa pipe en lisant un vieux numéro du *Herald...*

Je pense, citoyens, que de tels exploits se passent de commentaires. (*Oui, oui, bravo !!!*)

Si je vous conte ces choses, citoyens, si je vous conte ces choses stupéfiantes et si j'ajoute ensuite qu'à quelques années de là, ayant perdu son navire et sa cargaison dans les mers polaires, le Captain Cap sauva son équipage découragé et décimé par le scorbut, si je vous énumère rapidement quelques-unes des aventures du Captain, ce n'est pas, croyez-le bien, pour vous éblouir. C'est simplement pour vous montrer que cet homme qui est à la fois un marin, un savant et un philanthrope peut vaillamment conduire la barque dont vous avez résolu de lui confier la barre.

Voilà l'homme que j'avais à vous présenter. Jugez-le, et interrogez-le.

Pour moi, je me retire persuadé que, dès à présent, vos voix lui sont acquises. (*Applaudissements frénétiques.*)

Le citoyen Paul Frény ayant ensuite énuméré les qualités artistiques du Captain Cap, et démontré en quelques mots, combien il serait avantageux pour un quartier d'artistes, d'avoir un tel représentant, d'une façon claire et précise le Captain Cap répond aux différentes questions qui lui sont successivement posées par les citoyens Quinel, Georges Albert, Brandimbourg, etc.

Le citoyen Howard Symonds, demande à interroger le Captain en anglais au sujet de la question anti-européenne.

Le Captain répond alors qu'il est, malgré tout, un enfant de la vieille Europe, Parisien et Français. Ce qu'il veut combattre et anéantir, c'est la routine et les idées bureaucratiques qui sont la honte de l'Europe. (*De nombreux applaudissements accueillent ces paroles.*)

Le citoyen Brunais interroge le Captain au sujet des fontaines d'eau chaude.

Le Captain répond en ces termes :

— Je ne suis pas, pour le moment du moins, partisan des fontaines d'eau chaude, attendu que je veux m'occuper du peuple et non le leurrer. On veut établir des fontaines d'eau chaude pour des gens qui n'ont pas de domicile ou qui, logeant dans des bouges, possèdent d'insuffisants mobiliers. L'eau chaude leur serait donc inutile puisqu'ils ne sauraient où la mettre. Avant d'éblouir le peuple en lui promettant de l'eau chaude, il faut donc lui fournir des récipients pour la recueillir. (*Très bien, très bien ! Applaudissements unanimes.*)

A onze heures et demie, le citoyen Maurice O'Reilly lève la séance. Une haie se forme sur l'avenue Trudaine et trois hurrahs sont poussés en l'honneur du Captain qui regagne sa voiture.

A ce moment, l'enthousiasme devient si considérable, qu'on dételle le cheval, et que la voiture du candidat est traînée par ses électeurs sur un parcours de 20 mètres.

Mais le Captain Cap se dérobe aux ovations.

En moins de temps qu'il n'en faut pour l'écrire, il saute dans un autre fiacre et le chapeau levé, il disparaît en criant :

— Plus de bureaucratie ! Plus de routine européenne ! Plus de sauvages blancs !

> *Le secrétaire du Comité,*
> *Signé* : Georges AURIOL.

LA PRESSE ET LE CAPTAIN CAP

La candidature du Captain Cap, candidat anti-européen et antibureaucrate, prend une excellente tournure dans le IXe arrondissement, 2e circonscription.

Un comité d'adhésion et de propagande est déjà constitué. Nous y relevons les noms sympathiques de MM. Alphonse Allais, Courteline, Gandillot, Ponchon, Emile Goudeau, Narcisse Lebeau, Paul Clerget, le prince Joë Masson, Jules Jouy, Gérault (du Cantal), Jehan Sarrazin, Félix Huguenet, Paul Robert, Berthier.

(*L'Echo de Paris*, 11 août 1893.)

L'illustre Captain Cap, dont les journaux ont tant parlé ces temps derniers, se présente à la députation en qualité de candidat anti-européen et antibureaucrate.

Le Captain Cap est un homme neuf, aux idées larges, ennemi déclaré de la routine et des paperasseries.

Nous faisons des vœux pour qu'il soit élu.

(*Le Diable au corps*, Bruxelles, le 7 août 1893.)

Une nouvelle candidature vient de surgir dans le IXe arrondissement de Paris qui mérite l'honneur d'une mention, car le programme du candidat sort de la banalité ordinaire.

Le nouveau candidat s'appelle M. C... ou « Captain Cap ».

Il se déclare candidat antibureaucrate et anti-européen. S'il développe son programme, la seconde partie surtout, dans une réunion publique, les auditeurs ne s'ennuieront pas.

(*Le Petit Journal*, 7 août 1893.)

Une foule énorme, évaluée à plusieurs centaines d'électeurs du IXe arrondissement et d'autres arrondissements aussi, se pressait hier soir dans un des salons de l'Auberge du Clou pour entendre la profession de foi du Captain Cap.

Cette réunion a été très mouvementée. Les portes ont été défoncées par quelques demoiselles dont les cartes n'avaient rien d'électoral. On a constaté avec regret que le citoyen candidat n'avait point exprimé dans son programme le désir de faire voter les femmes. La constitution du bureau notamment a soulevé de nombreuses protestations, le candidat se déclarant antibureaucrate.

Finalement, la candidature du citoyen Captain Cap a été acclamée à l'unanimité moins trois voix.

(*L'Echo de Paris*, 13 août 1893.)

Montmartre sera toujours Montmartre. On y acclame chaque soir,... au Cabaret du Clou, la candidature du Captain Cap, soutenue par la fine fleur des fantaisistes de la Butte, MM. Alphonse Allais, Courteline, le peintre Robert, etc.

Les questions que l'honorable Captain Cap s'engage à faire prévaloir sont les suivantes :

Surélévation de Paris à la hauteur de Montmartre ; défense d'abandonner des tunnels sans lumière sur la voie publique ; création d'un Fort-Observatoire à Montmartre, dont les lunettes serviraient de canons ; création d'un Conseil des disques pour punir les accidents de chemins de fer, etc., etc.

(*Le Figaro*, 16 août 1893.)

LES ÉLECTIONS

Paris — IXe arrondissement. — 2e circonscription.

Les électeurs de la 2e circonscription du IXe arrondissement, réunis le 6 août à l'auberge du Clou, avenue Trudaine, après avoir entendu les citoyens O'Reilly, Berthez, Georges Albert, Paul Frény, Quinel, Brunais, etc., etc., et les franches et énergiques déclarations du Captain Cap, acclament sa candidature à l'unanimité moins 3 voix et s'engagent à la faire triompher au scrutin du 20 août.

LE CAPTAIN CAP

Nous n'avons pas la prétention de faire connaître le célèbre Captain Cap dont on sait la joyeuse campagne anti-européenne et antibureaucratique sous les auspices d'Allais et de Courteline.

Nous aurions voulu le joindre et savoir ce qu'il pense de ses 176 voix ; mais, semblable à tous les candidats malgré ses assurances fraternelles, il n'a pas plutôt ramassé les voix de ses électeurs qu'il les oublie et les abandonne — l'ingrat ! A l'auberge du Clou où il tenait habituellement ses assises, on nous dit qu'on ne l'a pas vu depuis quatre jours. Son imprimeur nous dévoile le lieu habituel des repas du candidat socialiste. Là, nous apprenons que le Captain Cap est parti en Normandie pour se remettre des fatigues de sa campagne électorale...

(*L'Eclair*, 28 août 1893.)

Nous ne parlerons que pour mémoire de cette débauche d'affiches multicolores, les unes superlativement laudatives, les autres bassement diffamatoires, dont les murs de Paris ont été revêtus dans la matinée et qui constituent, pour employer le style électoral, les manœuvres de l'extrême dernière heure. C'est aux candidats fantaisistes que revient la palme dans cette lutte homérique de la modeste bande contre le grand colombier. A Montmartre, M. le Captain Cap, un humoriste, né sans doute à l'ombre des ailes du Moulin de la Galette, a inondé sa circonscription de proclamations ainsi conçues :

« Après vingt ans passés sur mer, qu'ai-je trouvé, en rentrant au pays ? Haines, hypocrisie, malversation, népotisme, nullité...

« L'origine de tous ces maux, citoyens, n'allez pas la chercher plus loin : c'est le microbe de la bureaucratie.

« Or, on ne parlemente pas avec les microbes.

« ON LES TUE! »

(*Le Matin*, 21 août 1893.)

Candidatures fantaisistes.

Connaissez-vous the « Captain Cap ? »

Non, sans doute. Peut-être croirez-vous qu'il s'agit d'un émule ou d'un disciple du célèbre tireur Ira Paine ?

Pas davantage.

The « Captain Cap » est candidat à la députation dans la deuxième circonscription du IXᵉ arrondissement. Il suffit, pour s'en convaincre, de jeter un coup d'œil parmi les affiches multicolores qui recouvrent les façades des maisons du quartier Saint-Georges. Celles du Captain Cap sont d'un rouge ardent ou d'un bleu de lapis lazuli. Elles portent, en lettres énormes, les mots suivants :

ALBERT C...
dit
CAPTAIN CAP.

Candidat antibureaucrate et anti-européen.

Nous avons vainement essayé de joindre the Captain Cap. Impossible de mettre la main dessus. Nul ne sait où perche ce terrible candidat. Vient-il des régions chères à Buffalo-Bill ? Est-ce un cow-boy, un redoutable adversaire des Peaux-Rouges ?

Non; the Captain Cap nous paraît être un aimable fumiste.

(*Le Gaulois*, 6 août 1893.)

MON CANDIDAT

Il est incontestable qu'en ce moment plusieurs millions de Français sont embarrassés, moi tout le premier. J'ai été assez gêné, ces jours derniers, lorsque des milliers d'affiches multicolores m'ont invité à la lecture attentive et au choix judicieux. Les mots très difficiles : mandat impératif, hydre bourgeoise, tyrannie guesdiste, dansaient devant mes yeux ; et je me trouverais encore dans la même expectative si, par bonheur, je n'avais rencontré l'affiche de mon candidat :

CAPTAIN CAP

Candidat antibureaucratique et anti-européen.

Oui, le voilà ! Je n'ai aucune raison pour cacher la sélection que je viens de faire, et je n'éprouve aucune crainte à livrer ce nom au public.

Je dois l'avouer : au premier abord, je me défiais un peu : candidat antibureaucratique et anti-européen, cela pouvait cacher des ambitions désastreuses et entraîner à des conséquences désolantes. Il est toujours désagréable de se faire naturaliser Patagon pour expliquer son vote ; mais à la suite de la réunion publique que le Captain Cap a donnée, je n'ai pas hésité un seul instant à l'acclamer frénétiquement, et si je n'ai pas été le premier à dételer sa voiture, c'est que j'ai peur des chevaux, même de fiacre.

Mon candidat, le Captain Cap, dans son assemblée électorale, a fait lui-même sa biographie.

Il a l'accent anglais, est né à Paris, mais je le soupçonne de parents marseillais. Son passé promet pour son avenir : il a fait dix ans la chasse aux veaux-marins, arrêté dix trains en marche, et Dieu sait s'ils vont vite dans le Far-West ; enfin, — enfoncé le capitaine de quinze ans de Jules Verne — lui l'était déjà à douze ans !

Ces titres suffiraient amplement pour assurer son élection ; pourtant, après avoir parlé de ce qu'il a fait, je ne puis négliger de toucher un mot relatif à ce qu'il va faire.

Questionné sur son sous-titre : antibureaucrate et anti-européen, le Captain Cap a affirmé qu'il ne voulait rien dire et que cette ligne était simplement placée sous son nom pour faire bien. Rien que cette phrase m'a prouvé son amour de l'ordre et de la régularité. Quant à son programme, il n'en a pas. Fidèle interprète de ses électeurs, le Captain Cap, s'il est nommé, demandera au pays ce qui lui sera demandé à lui-même.

Voilà, du reste, les grandes questions qu'il s'est engagé à agiter à la Chambre :

1° Aplanissement de la butte Montmartre. Au cas où cette mesure serait trop coûteuse, il demandera la surélévation de Paris (toujours l'amour de la régularité);

2° Accaparement par l'État du monopole des fontaines d'eau chaude ;

3° Détaxe du blanc gras à l'usage des artistes ;

4° Percement du grand tunnel polyglotte. Cette dernière amélioration demande une explication.

Le Captain Cap a depuis longtemps remarqué que les langues s'apprenaient difficilement aux enfants; avec son système : un grand tunnel divisé en compartiments, cette étude sera aussi facile que d'attraper un rhume.

Dans chaque case se trouveront des écoles de différents langages. Tout citoyen conduira son fils âgé de six ans au commencement de la voûte, et, dix ans après, il ira le chercher à l'autre bout.

L'enfant, à moins d'être sourd-muet, saura parler toutes les langues.

De pareilles idées ne peuvent germer que dans la tête d'un génie, aussi suis-je enthousiasmé de mon candidat.

J'irai avec confiance aux urnes, et je déposerai solennellement son nom, persuadé de son succès certain.

Ah? j'oubliais une dernière qualité :

Le Captain Cap a fondé, en Amérique, un ordre dont il est le grand maître.

Son élection fera sans doute grand plaisir aux employés de l'administration des Postes et des Télégraphes; car, d'après ses affirmations, il s'empressera de faire rétablir... l'ordre des facteurs.

Charles Quinel.

(*Le Charivari*, 13 août 1893.)

Terminons ces extraits par la petite note dont il est question précédemment et que le regretté Francisque Sarcey n'hésita pas à consacrer à notre ami :

« J'ai passé une excellente soirée, samedi, dans une petite société artistico-mondaine qui s'intitule *le Gardénia*, je ne sais pas trop pourquoi, peut-être parce que les membres de cette société affectionnent le gardénia de préférence à toute autre fleur.

« Ce sont de charmants jeunes gens, d'ailleurs fort aimables, fort bien élevés, et passionnés, par-dessus tout, pour les choses de théâtre.

« Est-ce que ça ne vaut pas mieux, entre nous, que d'aller au café s'abrutir, boire un tas de consommations qui vous font mal à l'estomac et, finalement, dépenser beaucoup d'argent ?

« La représentation avait lieu au théâtre Bodinier. Tout a marché comme sur des roulettes.

« Le spectacle, très intelligemment composé de petits actes et d'intermèdes, a paru charmer la brillante société qui constituait le public du *Gardénia*. Beaucoup de jolies femmes, par parenthèse, appartenant, m'a-t-on dit, à la colonie canadienne de Paris.

« Rien d'étonnant à cela, car le président de la société n'est autre que le sympathique Paul Fabre, fils du commissaire général du Canada à Paris.

« Vous dire en détail ce qu'on a joué, dit ou chanté, je ne saurais le faire. J'ai perdu mon programme, et dame, quand je n'ai plus mon programme sous les yeux, va te faire lanlaire.

« Qu'il vous suffise de savoir qu'il s'est dépensé dans cette soirée beaucoup de bonne volonté et de talent, plus de talent qu'on n'en pourrait quelquefois trouver dans des théâtres réputés sérieux.

« Un début, surtout, m'a particulièrement intéressé, car, paraît-il, c'était un début, ce que j'eus grand'peine à croire.

Oh ! ce n'était pas dans un bien grand rôle, allez, que j'ai remarqué mon artiste. Ce fut dans un tout petit rôle de domestique apportant une dépêche, à trois reprises différentes.

« Mais je m'aperçois que je n'ai pas encore dit le nom de mon artiste : le programme l'appelle Cap, mais ses camarades du *Gar-*

dénia le désignent ordinairement sous le nom de « Captain Cap ».

« Jamais je ne saurais dire le plaisir que m'a causé le jeu à la fois sobre et élégant de ce Cap. Il y a dans cet amateur, tenez-le pour certain, l'étoffe de quelqu'un, et ce n'est pas sans une certaine impatience que je l'attends à la prochaine représentation du *Gardénia*.

« Francisque SARCEY. »
(*Le Chat Noir*, 10 décembre 1892.)

DÉCLARATION

Après tant d'indiscutables témoignages, au cas où le moindre de ces messieurs et dames de mes lecteurs s'aviserait encore de mettre en doute l'existence réelle du Captain Cap, je suis disposé — quand et où l'on voudra — à en faire une affaire personnelle.

A. A.

DEUXIÈME PARTIE

Ses aventures, ses idées, ses breuvages

AVANT-PROPOS

IMPOSÉ PAR LA PLUS ÉLÉMENTAIRE BONNE FOI

J'ai cru bon, chaque fois qu'au cours des récits suivants se présentait sous ma plume le nom d'un de ces breuvages transatlantiques dont le Captain Cap se montrait si friand, d'en donner la formule exacte permettant à chacun d'en opérer la préparation.

Ces formules m'ont été confiées par l'homme de Paris qui possède le plus d'autorité dans cette matière, je veux parler de M. Louis Fouquet, propriétaire et directeur du célèbre bar qui fait le coin de l'avenue des Champs-Elysées et de l'avenue de l'Alma.

Si quelqu'un de nos lecteurs désirait avoir sur la préparation des *American Drinks* et sur le petit matériel que comporte ce sport, quelques détails supplémentaires, il n'a qu'à s'adresser directement à ce Louis Fouquet, jeune homme chez qui la technique impeccable s'allie à la plus parfaite courtoisie.

Louis Fouquet se mettra volontiers à la disposition de nos lecteurs pour tous les renseignements concernant la matière.

A. A.

CHAPITRE I

Les aventures du Captain Cap dans la région du Haut-Niger. Apparente solidarité du boa et de la girafe au cours d'une laryngite chez ce quadrupède à qui la nature se plut à monter le cou.

Je n'avais pas eu l'heur de rencontrer mon vaillant ami le Captain Cap depuis les élections législatives qui désolèrent la France lors du mois d'août 1893.

S'en souvient-on ? 176 citoyens du IXᵉ arrondissement (quartier Saint-Georges) affirmèrent sur le nom du Captain Cap leurs convictions résolument anti-européennes.

— Allô, Cap! fis-je, ravi.

— Allô! répondit Cap.

Et il m'étreignit les mains avec une énergie peu commune. Il m'appela son *old fellow*, me présenta au bonhomme qui l'accompagnait, un gentleman bien mis, entre deux ou trois âges, qu'il décorait du titre de *commodore*, et m'emmena prendre un *drink* dans une bodega espagnole tenue par des Belges qui vendent des boissons américaines. (Internationalisme, voilà bien de tes coups !)

Cap commanda trois *John Collins* (1) de derrière les fagots.

(1) Excellente boisson pour matins alanguis, le

Et se délièrent nos langues.

Je reprochai à l'intrépide Captain le long temps qu'on ne l'avait point vu.

Froidement :

— J'ai été très occupé, dit-il, depuis deux mois. Pour commencer, le gouvernement du Val d'Andorre m'a chargé d'organiser sa nouvelle flottille de torpilleurs...

Un signe de mon doigt indiqua à l'homme du bar de renouveler les consommations.

— Ensuite, poursuivit Cap, je suis allé en Afrique où j'ai de gros intérêts.

— Ah bah !

— Oui, je fus désigné par le conseil d'administration pour organiser le service.

— Quel service, Captain ?

— Le service de la *Société générale de Publicité dans les W.-C. du Soudan*... Ah ! cette Afrique !

— *Darkest Africa*, comme dit Stanley.

— Stanley n'a jamais f... les pieds en Afrique.

— Je m'en doutais.

— Le peu qu'il connaît de ce pays, il l'a appris dans le supplément de la *Lanterne* (?).

Le commodore profita d'une vague accalmie pour faire venir une bouteille de champagne (un petit *extra-dry*, au sujet duquel je ne vous dis que ça).

Cap poursuivit :

— Vous avez raconté il y a deux ou trois jours dans le *Journal*, mon cher Alphonse, l'histoire d'un jeune requin qui pleure en reconnaissant, dans un porte-monnaie, la peau de sa mère... Moi, j'ai vu mieux que ça l'autre jour, en Afrique.

— Allons donc !

— Parfaitement ! Et si vous croyez que votre squale détient le record du pathétisme vous vous enfoncez le doigt dans l'œil jusqu'au deltoïde.

— Diable !

— Vous savez que dans la région du Haut-

Niger, c'est en ce moment, la saison des pluies.

— Ce détail m'échappait.

— La saison des pluies, dans ces parages, correspond assez exactement à de fâcheuses périodes d'humidité.

— Je l'aurais gagé.

— Et qui est-ce qui est bien embêté par les périodes d'humidité ?

— Ah ! voilà !

— Ce sont les girafes... Vous croyez savoir ce que c'est qu'une girafe, vous ne vous en doutez même pas.

— Ah ! permettez !

— Permettez, vous-même ! Les girafes sont des bêtes auxquelles la nature, cette grande fumiste, a monté le cou à la hauteur du ridicule. D'où énorme tendance, pour ces animaux, aux maladies de la gorge et des cordes vocales. Si nos théâtres d'opéra, d'opéra-comique et même d'opérette se recrutaient uniquement chez les girafes, nous n'en serions plus à compter les jours de relâche.

— Très juste.

— Eh bien, non ! Nous en serions à les compter, car les girafes qui ne pratiquent le laryngoscope qu'à de rares intervalles, pour qui le chlorate de potasse est mythe et la cocaïne chimère, les girafes, dis-je, quand elles se sentent atteintes, se guérissent vite et à peu de frais.

Cap s'apercevant à cet instant que la bouteille *d'extra-dry* était vide, eut un rictus de douloureuse stupeur auquel l'homme du bar ne se méprit point : il en rapporta une autre.

— Voici comment elle procède, la girafe : elle se couche en exhalant une sorte de plainte mélodieuse qui a la propriété d'attirer le boa constrictor. Ce reptile arrive à pas de loup, si j'ose m'exprimer ainsi, et doucement, sans rien brusquer, s'enroule autour du cou de la jeune malade, du ras des épaules jusqu'au-dessus de la tête. Nos élégantes Parisiennes portent des boas en plume ou en fourrure. Les girafes portent des boas en boa, ce qui est bien plus près de la nature. Quarante-huit heures de ce traitement et la girafe est plus vaillante que jamais ! Hein ! qu'est-ce que vous dites de ça ?

John Collins se prépare de la façon suivante : remplissez un grand verre de glace pilée, 2 cuillerées de sucre en poudre, pressez un citron, versez un verre à liqueur de gin, complétez avec eau de seltz ou soda, renversez et dégustez avec des chalumeaux !

Le commodore se chargea de la réponse :
— J'ai à dire de cela qu'il ne faut pas voir dans l'acte du boa la moindre humanité — la moindre *girafité*, plutôt. — Reptile curieux et potinier, le boa constrictor est très embêté de ne détenir qu'un horizon visuel restreint. S'il s'enroule autour du cou de la girafe, c'est tout simplement afin de voir plus loin et de plus haut. Voilà tout ! Et la girafe serait bien bête d'éprouver la moindre reconnaissance à l'égard de ce maudit. Garçon, trois *corpse revivers* (1), et soignés, s. v. p.

CHAPITRE II

Où l'on apprend comment le Captain Cap acquitte ses dettes d'amour.

Celui — et je ne dis *celui* à la légère — qui dégagea le premier cette formule lapidaire : *Les bons comptes font les bons amis*, était loin d'être un jeune niais.

Le nombre des disciples qu'il détermina me paraît incomptable. Loin de m'en plaindre, vous m'en voyez fort aise.

Mon ami le Captain Cap apporte à ma thèse l'auguste contingent de son récent exemple.

Au courant de la semaine dernière le Captain Cap sortait de la réunion du *Syndicat général des baleiniers de la Corrèze* dont il est vice-président, quand il fit la rencontre d'une petite courtisane chez laquelle, pour une nuit, il élut domicile.

Dès l'aube, il quittait la jeune femme, après Dieu saura-t-il jamais quel prétexte l'exemptant — lui — de verser une somme à la mignonne.

Pas plus tard que voilà trois ou quatre

(1) Cette consommation, d'une si originale fantaisie, est assez difficile à préparer, les produits qui la composent étant eux-même de densités fantaisistes. Il s'agit de verser à l'aide d'une petite cuiller, avec infiniment de précaution pour ne pas les mélanger, les 12 liqueurs suivantes : grenadine, framboise, anisette, fraise, menthe blanche, chartreuse verte, sherry-brandy, prunelle, kummel, guignolet, kirsch te cognac. Or avale d'un seul coup.

jours, le Captain Cap se rendait à l'observatoire de Montmulot où spécialement lui incombe la nocturne surveillance honoraire de la conjugaison des foyers quand à, nouveau, rencontra la personne de l'autre jour.

Derechef il la connut, au sens, bien entendu, biblique du mot.

Au petit matin comme Cap se disposait à quitter sa compagne, cette dernière — la dernière des dernières— n'eut-elle pas l'idée d'exiger du Captain des sommes d'argent qui, pour dérisoires qu'elles fussent, n'en créaient pas moins un précédent fâcheux !

Alors, d'une voix algide, Cap dit :
— Pardon, mademoiselle, il est véridique que j'ai couché avec vous le lundi de la semaine dernière...
— ....
— Ne m'interrompez pas.
— ....
— ... Mais, vous-même, n'avez-vous pas couché avec moi, cette nuit ?
— Et alors ?
— Alors, nous sommes quittes.

Et Cap regagna son petit hôtel de la rue Julot en proie à la plus grande quiétude morale.

CHAPITRE III

Où se découvre l'existence du Meat-land ; autrement dit terre de viande, riche carrière de charcuterie, située près d'Arthurville (province de Québec).

A ce récit, un sourire d'incrédulité fleurit sur mes lèvres et de petites lueurs de rigolade avivèrent l'éclat de mon regard.

Cap, mon interlocuteur, ne se démonta point ; il se contenta d'appeler le garçon du bar et de commander « *Two more* », ce qui est la façon américaine de dire : « *Remettez-nous ça* », ou plus clairement : « *Encore une tournée* ».

Le barman nous remit donc deux *mint-julep* (1).

(1) Exellent le *mint-julep*, quand on peut se pro-

Je connais le *Captain Cap* depuis pas mal de temps ; j'ai souvent l'occasion de le rencontrer dans ces nombreux *américan bars* qui avoisinent notre Opéra national et l'église de la Madeleine ; je suis accoutumé à ses hyperboles et à ses *bluffages*, mais cette histoire-là, vraiment, dépassait les limites permises de la blague canadienne.

(Les Canadiens, charmants enfants, d'ailleurs, sont, comme qui dirait, les Gascons transatlantiques, et Cap a beaucoup du caractère canadien.)

Cap me racontait froidement qu'on venait de découvrir, à six milles d'Arthurville (province de Québec), une carrière de charcuterie !

J'avais bien entendu et vous avez bien lu : *une carrière de charcuterie !* de *meat-land* (terre de viande), comme ils disent là-bas.

Je résolus d'en avoir le cœur net, et le lendemain matin, je me présentais au commissariat général du Canada, 10, rue de Rome.

En l'absence de M. Fabre, l'aimable commissaire, je fus reçu — fort gracieusement, je dois le reconnaître — par son fils Paul et l'honorable Maurice X..., un jeune diplomate de beaucoup d'avenir.

— Le *meat-land !* se récrièrent ces gentlemen. Mais rien n'est plus sérieux ! Comment ! vous ne croyez pas au *meat-land ?*

Je dus confesser mon scepticisme.

Ces messieurs voulurent bien me mettre au courant de la question et j'appris que le Captain Cap n'avait rien exagéré.

Aux environs d'Arthurville, existait, en pleine forêt vierge (elle était vierge alors), un énorme ravin en forme de cirque, formé par des rocs abrupts et tapissés (à l'instar de nos Alpes) de mille sortes de plantes aromatiques, thym, lavande, serpolet, laurier-sauce, etc.

curer de la menthe fraîche : Pilez quatre branches de cette plante avec une cuillerée de sucre en poudre, ajoutez un verre de cognac, remplissez de glace pilée, un verre à liqueur de chartreuse jaune, finissez avec de l'eau, remuez bien. Trempez dans du jus de citron une branche de menthe que vous piquez au milieu du verre. Ajoutez fruits de saison, versez sur le tout, sans remuer, petite quantité de rhum. Saupoudrez de sucre. Dégustez avec chalumeau.

Cette forêt était peuplée de cerfs, d'antilopes, de biches, de lapins, de lièvres, etc.

Or, un jour de grande chaleur et d'extrême sécheresse, le feu se mit dans ces grands bois et se propagea rapidement par toute la région.

Affolées, les malheureuses bêtes s'enfuirent et cherchèrent un abri contre le fléau.

Le ravin se trouvait là, avec ses rocs abrupts mais incombustibles. Les animaux se crurent sauvés !

Ils avaient compté sans l'excessive température dégagée par ce monumental incendie.

Cerfs, antilopes, biches, lapins, lièvres, etc., se précipitaient par milliers dans ce qu'ils croyaient le salut et n'y trouvaient que la mort par étouffement.

Non seulement ce gibier mourut, mais il fut cuit.

Tant que la température ne fut pas revenue à sa norme, toute cette viande mijota dans son jus (ainsi que l'on procède dans les façons de cuisine dites à l'*étouffée*).

Les matières lourdes : os, corne, peau, glissèrent doucement au fond de cette géante marmite. La graisse plus légère monta, se figea à la surface, composant, de la sorte, une couche protectrice.

D'autre part, les petites herbes aromatiques (à l'instar de celles de nos Alpes) parfumèrent ce pâté et en firent un mets succulent.

Ajoutons qu'un dépôt de *meat-land* doit prochainement s'installer à Paris, dans le vaste immeuble qui fait le coin de la rue des Martyrs et du boulevard Saint-Michel.

Une Société est en voie de formation pour l'exploitation de cette substance unique.

Nous reviendrons sur cette affaire, une affaire de tout premier ordre sur laquelle nous appelons d'ores et déjà l'attention de la petite épargne.

CHAPITRE IV

Où apparaît, par l'exemple du Captain Cap, la vanité de la science hypnotique et le néant des influences auto-suggestives.

— Moi, dit le docteur V..., le cas le plus curieux d'auto-suggestion que j'aie jamais vu, c'est voilà cinq ou six ans. Extrêmement curieux, même !

— Contez-nous cela, docteur.

V..., qui joint à une science encyclopédique l'aménité la plus parfaite, nous dit cette histoire :

« On avait pas mal liché, ce jour-là. Nous fêtions la thèse d'un de nos amis et nous la fêtions copieusement, ma foi. Tout le monde était plus ou moins pompette, mais celui qui détenait le record de la cuite, c'était certainement un de nos camarades, paresseux incoercible, et noceur effréné, que je désignerai par l'initiale Y, bien que ce brave garçon n'ait jamais triché de sa vie.

« Le pauvre Y..., sur le coup de minuit, était gris comme tout un escadron de bourriques à Robespierre. Ses fantaisies, presque toutes d'un goût contestable, nous faisaient expulser des brasseries du Quartier. Heureusement qu'il existe dans ces arrondissements un jeu assez complet de caboulots, de sorte que de très longs laps ne s'écoulaient pas sans que nous bussions des spiritueux variés.

« A la *Source*, n'eut-il pas l'idée de se déchausser et, au risque d'attraper une brave congestion, de prendre un bain de pied dans un petit bassin où s'ébattaient des écrevisses !

« Et puis, il commanda une soupe à l'oignon et la déversa généreusement dans le susdit bassin, sous le prétexte que le gravier constituait une nourriture insuffisante à ces petits crustacés.

« A un moment, Y... plus gris que jamais, se leva pour aller je ne sais où. Croyant sortir de la salle, il se heurta à une glace, aperçut son image, et, alors, ce fut inénarrable !

« — Ah ! te voilà, cochon ! s'écria-t-il, s'adressant à son reflet... Eh bien ! tu es joli... Tous mes compliments !... Te voilà encore saoul !... Ne dis pas non. Tu ne tiens pas debout. Eh bien, mon salaud, celui qui t'a payé ça pour une chopine, ne t'a pas volé !... Ah ! tu es propre, avec ton gilet débraillé, ta cravate défaite, ton col déboutonné, tes cheveux emmêlés !... Tu n'es pas honteux, à ton âge ?

« Et puis, une petite pause pendant laquelle il se foudroya véritablement de son regard fixe. Il reprit :

« — Et pendant que tu te saoules à Paris, tes pauvres parents travaillent en province, pour t'envoyer de l'argent. Crapule, va !... Feignant !... Saloperie !... Écoute bien ce que je vais te dire.

« Et alors, toujours s'adressant à son reflet dans la glace, ses paroles prirent un ton d'autorité inexprimable !

« — Écoute bien : Tu vas filer te coucher, tout de suite. Demain matin, tu te lèveras de bonne heure, tu te mettras à travailler, et tu ne reficheras pas les pieds au café... Si je t'aperçois dans un caboulot quelconque, je te prends par la peau du cou, et je te jette sur le trottoir... Allons, file, saligaud ! Et que je ne te revoie plus !

« D'un pas de somnambule, Y... revint vers nous, prit son chapeau et sa canne. Il sortit.

« Nous croyions tous à une bonne charge. Pas du tout ! Nous ne le revîmes plus jamais au café. En six mois, il passa ses derniers examens et sa thèse. — A l'heure qu'il est, il est professeur à la Faculté de médecine de Nancy.

« L'image de son regard dans la glace l'avait mis en état d'hypnose et il s'était fait suggérer à lui-même par son propre reflet de ne plus boire et de travailler ! »

Tous, nous avions écouté cette histoire avec beaucoup d'intérêt. Le Captain Cap, surtout, semblait vivement ému.

— Croyez-vous, demanda-t-il au docteur, que ce procédé me réussirait, à moi ?

— Pourquoi pas ? dit V... Vous pouvez toujours essayer.

Cap se leva, se dirigea vers une glace, se lança des regards terribles, et se traita comme le dernier des derniers.

Toutes les injures des deux continents y passèrent.

Tantôt Cap s'insultait en français, tantôt en anglais, et quelquefois en une langue parlée au sein d'une peuplade dont je soupçonne Cap d'être le seul membre.

Quand le répertoire fut épuisé, Cap prit son chapeau, son pardessus et sortit sans dire un mot.

— Ce serait drôle, fit l'un de nous, si Cap se mettait à travailler dès demain matin et qu'il devînt professeur à la Faculté de médecine de Nancy !

Malheureusement cette illusion croula le soir même.

Revenant chez moi et passant devant la brasserie Pousset, j'eus l'idée d'entrer voir si la Princesse Pâle, d'aventure, ne m'y attendait point (1).

Pas de Princesse Pâle ! (Dans les bras d'un autre, sans doute.) Mais, par contre, qu'aperçus-je, confortablement installé devant une eiffellesque pile de soucoupes ? Vous l'avez déjà deviné. Mon vieux Captain Cap.

Il m'offrit un *demi* de la meilleure grâce du monde et conclut philosophiquement :

— Qu'est-ce que vous voulez ? L'auto-suggestion ne réussit pas à tous les tempéraments.

CHAPITRE V

Où s'instance par les soins du Captain Cap une contradictoire expérience d'auto-suggestion des moins péremptoires.

A ce moment le Captain Cap crut devoir prendre un air mystérieux. Et comme, en nos yeux, s'allumait la luisance de l'anxiété :

— Ne m'en blâmez pas, dit le Captain, je ne dirai rien de plus. Mon ORDRE me le défend !

Le Captain Cap appartient à un Ordre bien extraordinaire et d'une commodité à nulle autre seconde.

A toute proposition qui lui répugne le moins du monde, le Captain Cap objecte froidement :

— Je regrette beaucoup, mon cher ami, mais mon Ordre me le défend !

(1) Pauvre petite Princesse Pâle ! Comme c'est loin tout ça !

Et il ajoute avec un sourire de lui seul acquis :

— Ne m'en blâmez pas.

Cependant et tout de même, Cap grillait de parler.

On affecta de s'occuper d'autre chose, et, bientôt, le Captain dit :

— Un sujet épatant !

A seule fin de connaître la suite de l'histoire, nul de nous, machiavéliquement, ne s'avisa de sourciller.

— Imaginez-vous... s'obstina Cap.

Ennuyés semblâmes-nous de cette insistance.

Alors Cap lâcha ses écluses.

Il s'agissait d'une petite bonne femme de Montmartre, jolie comme un cœur, une petite bonne femme épatante !

On l'endormait comme ça, là, v'lan ! Et ça y était !

Un sujet épatant, je vous dis !

Une fois endormie, elle n'était plus qu'un outil de cire molle entre les doigts de votre volition, si, toutefois, nous osons nous exprimer ainsi.

Si on voulait, on irait ce soir.

On y alla.

De sa rude main droite d'homme de mer, Cap prit les menues menottes de la petite bergère montmartroise, et de l'autre opéra certaines passes connues de lui seul.

Un, deux, trois... ça y est ! Elle dort.

Alors Cap sortit de sa poche une pomme de terre crue et une goyave.

Ayant pelé l'une et l'autre, et présentant au sujet un morceau de pomme de terre crue, il dit d'une voix forte où trépidait la suggestion :

— Mangez cela, c'est de la goyave !

L'enfant n'eut pas plus tôt mastiqué une parcelle du tubercule cher à Parmentier qu'elle en manifesta un grand dégoût.

Et même elle le cracha, grimaceuse en diable.

Un sourire sur les lèvres, Cap changea d'expérience.

Ce fut la goyave qu'il présenta à la jeune

personne, en lui disant d'une voix non moins forte :

— Mangez cela, c'est de la pomme de terre crue.

L'enfant n'eut pas plus tôt mastiqué une parcelle de ce fruit délicieux qu'elle en redemanda.

Y passa la totale goyave.

Et vous vous imaginez que Cap fut le moins du monde désarçonné par ce résultat non prévu vous commettez une erreur grave.

Et, sortant de la maison, le Captain nous dit sur un ton du plus vif intérêt scientifique :

— Est-ce curieux, hein, le cas de dépravation de cette petite, qui adore la pomme de terre crue et ne peut sentir la goyave ?

CHAPITRE VI

Où le Captain Cap indique un moyen bien simple d'assurer l'équilibre européen.

Dites-moi, mon cher Allais, vous est-il jamais venu à l'esprit l'idée de faire couver des œufs de hareng saur par une autruche empaillée ?

— Jamais, mon cher Cap, au grand jamais, je vous le jure !

— Eh bien, c'est exactement l'occupation à laquelle se livre M. Carnot (1) en ce moment.

— M. Carnot ?

— M. Carnot lui-même.

— M. Carnot fait couver des œufs de hareng saur par des autruches empaillées ?

— Parfaitement, mon cher !

— En ce cas, Captain, permettez-moi de vous dire que c'est là un divertissement indigne d'un homme de l'âge et de la situation de M. Carnot !

— Et que voulez-vous que l'Europe pense d'une grande République dont le premier magistrat passe son temps à faire couver des

(1) Pauvre monsieur Carnot ! comme c'est loin tout ça !

œufs de hareng saur par des autruches empaillées ?

— Ah ! tout cela, mon pauvre Cap, n'est point pour faire reprendre les affaires !

— Ni pour amener le désarmement sans lequel ne pourraient se produire nulle détente et nulle prospérité.

— Bien sûr !

— Quand je dis que M. Carnot fait couver des œufs de hareng saur par des autruches empaillées, il ne faut pas, bien entendu, prendre mon allégation au pied de la lettre. C'est une simple image que j'entends employer, un symbole, dirait Moréas. — Symbole, priez pour nous !

Et pendant que le garçon du bar nous servait, car nous nous sentions très déprimés, chacun un *gin-flip* (1), le Captain Cap reprit :

— Nous parlions de désarmement général, tout à l'heure... Savez-vous ce qui l'empêche, le désarmement, encore plus que la question d'Alsace-Lorraine ?

— Dites-le-moi et, après, je le saurai.

— Ce qui empêche le désarmement, c'est la préoccupation de l'équilibre européen, et l'équilibre européen tient tout entier dans la question des Dardanelles et la question des Balkans.

— C'est mon avis.

— Les croyez-vous insolubles, ces deux questions ?

— Bien délicates à résoudre, tout au moins.

— Pas tant que ça, mon cher Allais, pas tant que ça !

— Je suis persuadé, mon cher Cap, que ce ne serait pour vous qu'un simple jeu d'enfant, mais pour les autres... !

— Vous l'avez dit, un simple jeu d'enfant... Et pourtant j'y travaille depuis trois ans, à la solution de ce double problème !

— Trois ans ?

(1) Dans de la glace en petits morceaux, deux cuillerées de sucre en poudre, un jaune d'œuf bien frais, petite quantité de crème de noyaux, finissez avec du *Old Tom Gin*. Agitez, passez, versez, saupoudrez de muscade. Excellent stimulant au cours des températures rafraîchissantes que ce *gin-flip* !

— Oui, trois ans ! Depuis trois ans, grâce à des cartes admirablement dressées par un personnel à moi, je calcule le jaugeage des Dardanelles.

— Le jaugeage ?...

— Oui, le jaugeage, c'est-à-dire, si vous aimez mieux, leur volume intérieur... D'autre part, j'ai calculé le cube à peu près exact des Balkans.

— Tout cela n'est point une petite affaire.

— Je t'écoute !... Je suis arrivé à cette constatation que le cube des Balkans est sensiblement le même que la jauge des Dardanelles.

— En sorte que...?

— En sorte que, c'est bien simple : Je f... les Balkans dans les Dardanelles, et voilà !

— Et voilà tous mes compliments, Cap !

— Ainsi, les Balkans sont rasés, les Dardanelles comblées, plus de Dardanelles, plus de Balkans ! Plus de ces questions irritantes pour l'équilibre européen ! La paix assurée, le désarmement, la prospérité, le bonheur de tous.

— Et vous croyez bonnement, Cap, que l'Angleterre vous laissera faire ?

— L'Angleterre ?

Ici, Cap devint mystérieux. Il explora les alentours, s'assurant que nulle oreille suspecte ne se tendait près de nous.

— L'Angleterre ? reprit-il. Je sais de source certaine que si l'Angleterre lève seulement le petit doigt, vous entendez, le *pe-tit-doigt*, le Péloponèse est bien disposé à faire un exemple !

— Le Péloponèse ?

— Allié au Jutland, bien entendu.

CHAPITRE VII

Où le Captain Cap donne une magistrale leçon de savoir-faire à un barman ignare, européen et aburi.

Bien que l'heure ne fût pas, à vrai dire, encore très avancée, une soif énorme étrei-gnait les gorges du Captain Cap et de moi (triste conséquence, sans doute, des débauches de la veille) (1).

D'un commun accord, nous eûmes vite défourché notre tandem, cependant que notre regard explorait l'horizon.

Précisément, un grand café d'aspect très chic se présenta.

Malgré l'apparence fâcheusement européenne de l'endroit, tout de même nous consentîmes à boire là.

— Envoyez-moi le stewart ! commanda Cap.

— A votre disposition, monsieur ! s'inclina le gérant.

— Donnez-nous deux grands verres.

— Voilà, monsieur.

— Je vous dis *deux grands verres*, et non point *deux dés à coudre*. Donnez-nous deux grands verres.

— Voilà, monsieur.

— Enfin !... Du sucre, maintenant.

— Voilà, monsieur.

— Non, pas de ces burlesques morceaux de sucre... Du sucre en grain.

— Voilà, monsieur.

— Pas, non plus, de ce sucre de la Havane qui empoisonne le tabac.

— Mais, monsieur...

— J'exige du sucre en grain des Barbades. C'est le seul qui convienne au breuvage que je vais accomplir.

— Nous n'en avons pas d'autre que celui-là.

— Triste ! Profondément triste ! Enfin...

Et Cap jeta au fond de nos verres quelques cuillerées de sucre qu'il arrosa d'un peu d'eau.

— Et maintenant, deux citrons !

— Voilà, monsieur.

Cap jeta un regard de profond mépris sur les citrons apportés.

— C'est cela que vous appelez des citrons ?

— Mais monsieur...

(1) Dire que cela est exact, qu'il m'arriva parfois de boire plus que ne le réclamait ma soif ! Comme c'est loin tout ça ! Et comme ce passé me fait honte ! Si, au moins, mon exemple pouvait servir aux jeunes gens d'aujourd'hui !

— Apportez-moi deux autres citrons.
— Voilà, monsieur.

Ici, Cap entra dans une réelle fureur:

— Je vous demande deux *autres* citrons !... Entendez-vous ? Deux *autres* citrons ! Deux *autres* ! Non point *two more*, mais bien *two other* ! Des citrons *autres* que ceux que vous avez eu le toupet de m'offrir. Vous me f...-là des limons de Sicile ! alors que je rêve uniquement de citrons provenant de l'île de Rhodes... Avez-vous des citrons provenant de l'île de Rhodes?

— Pas pour le moment.

— Ah ! c'est gai ! Enfin...

Et Cap exprima dans nos verres le jus des limons de Sicile.

— Du gin, maintenant ! Quel gin avez-vous?

— Du *Anchor gin* et du *Old Tom gin*.

— Du vrai *Anchor* ?

— Du vrai.

— Du vrai *Old Tom* ?

— Du vrai.

— Et du *Young Charley gin* ? Est-ce que vous en avez ?

— Je ne connais pas...

— Alors, vous ne connaissez rien. Enfin...

Et Cap, à chacun, nous versa une copieuse (ah ! que copieuse !) rasade de *Old Tom gin*.

— Remuons ! ajouta-t-il.

A l'aide d'une longue cuiller, nous agitâmes ce début de mélange.

— De la glace, maintenant !

— Voilà, monsieur.

— De la glace, ça ?

— Mais parfaitement, monsieur !

— D'où vient cette glace ?

— De l'usine d'Auteuil, monsieur !

— L'usine d'Auteuil ? Elle est peut-être admirablement outillée pour fournir de l'eau bouillante à la population parisienne, mais elle n'a jamais su le premier mot du frigorifisme. Vous pouvez aller lui dire de ma part...

— Mais, monsieur !

— D'ailleurs, je ne connais qu'une glace vraiment digne de ce nom : celle qu'on ramasse l'hiver dans la Barbotte !

— Ah !

— Oui, la Barbotte ! La Barbotte est une petite rivière qui se jette dans le Richelieu, lequel Richelieu se jette dans le Saint-Laurent... Et savez-vous le nom de la petite ville qui se trouve au confluent du Richelieu et du Saint-Laurent ?

— Ma foi, monsieur...

— Ah ! vous n'êtes pas calés en géographie, vous autres Européens ! La petite ville qui se trouve au confluent du Richelieu et du Saint-Laurent s'appelle Sorel... Et surtout, n'allez pas confondre Sorel en Canada avec la très jolie et très séduisante Cécile Sorel ou avec Albert Sorel, l'éminent et très aimable académicien ! ni le fils d'icelui, Albert-Emile Sorel ! Jurez-moi de ne pas confondre !

— Volontiers, monsieur !

— Alors, donnez-moi votre sale glace de l'usine d'Auteuil.

— Voilà monsieur !

Et Cap mit en nos breuvages quelques-uns de ces factices ice-bergs.

— Vous n'avez plus, désormais, qu'à nous apporter deux bouteilles de soda... Quel soda détenez-vous, ici?

— Mais... le meilleur ! Du *schweppes* !

— Ah ! Seigneur ! Éloignez de moi ce calice ! Du *schweppes* !... Certainement, le *schweppes* n'est pas une marque dérisoire de soda, mais auprès de celui que fabrique mon vieux *old fellow* Moonman de Fall-River, le *schweppes soda* n'est qu'un fangeux, saumâtre et miasmatique breuvage !... Enfin... Donnez-nous tout de même du *schweppes* !

— ... Dit mon père, hugolâtrai-je.

C'était fait ! Nous n'avions plus qu'à lamper notre *drink*, largement, comme font les hommes libres, forts, rythmiques et qui ont la dalle en pente...

... Quand le gérant eut l'à jamais regrettable idée de nous apporter des chalumeaux, d'admirables chalumeaux, d'ailleurs.

La combativité de Cap n'en demandait pas davantage.

— Ça, des paillès ! fit-il avec explosion !

— Mais, monsieur...

— Non, ça, ça n'est pas des pailles! C'est de la paille, et de la paille périmée, sortant de dessous — saura-t-on jamais? — quelles innommables vaches! Je n'ai point accoutumé à boire avec des résidus de purin. En allons-nous, mon ami, en allons-nous!

Cap jeta sur le marbre de la table une suffisante pièce de cent sous, et nous partîmes vers le prochain mastroquet où nous nous délectâmes à la joie (d'une chopine de vin blanc, un peu de gomme et un demi-siphon)

CHAPITRE VIII

Où Cap fait d'heureuses recherches sur l'authentique prénom d'un orang-outang à tort qualifié Auguste.

En arrivant à Nice, le Captain Cap et moi, deux affiches murales se disputèrent la gloire d'attirer notre attention.

(*La phrase que je viens d'écrire est d'une syntaxe plutôt discutable. On ne dirait vraiment pas que j'ai fait mes humanités.*)

Celle de ces deux affiches qui me charma, moi, en voici la teneur :

X..., PÉDICURE
TELLE RUE, TEL NUMÉRO
LE SEUL PÉDICURE SÉRIEUX DE NICE

Jamais, comme en ce moment, je ne sentis l'horreur de toute absence, sur mes abatis, de cors, durillons, œils de perdrix et autres stratagèmes.

Avoir sous la main un artiste qui, non content d'être sérieux, tient en même temps à être le *seul* sérieux d'une importante bourgade comme Nice, et ne trouver point matière à l'utiliser ! regrettable, ah ! que !...

Cap me proposa bien un truc qu'il tenait d'une vieille coutume en usage chez les femmes de saura-t-on jamais quel archipel polynésien, lesquelles femmes font consister tout leur charme à détenir le plus grand nombre possible de durillons sur les parties du corps les moins indiquées pour cette fin.

Je ne crus point devoir accepter, pour ce que ce jeu n'en valait point la chandelle, et nous passâmes à un autre genre de sport.

Celle des affiches murales que préféra Cap, annonçait à Urbi, Orbi and C°, que tout individu, titulaire d'une petite somme variant entre vingt-cinq centimes et un franc pouvait s'offrir le spectacle d'un orang-outang, autrement dit, messieurs et dames, le véritable homme des bois, le SEUL (tel mon pédicure du début) ayant paru en France depuis les laps les plus reculés.

Une gravure complétait ce texte, une gravure figurant le buste du quadrumane, et autour de cette gravure, ainsi qu'une inscription de médaille, s'étalaient ces mots, circutairement :

Je m'appelle Auguste :
10,000 francs à qui prouvera le contraire !

Dix mille francs à qui prouvera le contraire !

Le contraire de quoi? Que le monstre en question fut un véritable orang-outang, un authentique homme des bois, ou simplement qu'il s'appelât, de son vrai nom, Auguste?

Pour l'âme limpide de Cap, nul doute ne savait exister.

Il s'agissait de démontrer que ce singe ridicule ne s'appelait pas Auguste, de toucher les 500 louis et d'aller faire sauter la banque à Monte-Carlo!

Ah ! mon Dieu, ça n'était pas bien compliqué !

Et Cap ne cessait de me répéter :

— Je ne sais pas, mais quelque chose me dit que cet orang ne s'appelle pas Auguste.

— Dam !

— Pourquoi *dam* ? Ce sale gorille n'a pas une tête à s'appeler Auguste.

— Dam !

— Allais, si vous répétez encore une seule fois le mot *dam*, je vous f... un coup d'aviron sur la g... !

Tout ce qu'on voudra sur la g..., hormis un aviron ! Telle est ma devise.

Je n'insistai point et nous parlâmes à autre

* ●

chose, en savourant le *mannhattan cocktail*(1) du bon accord.

Le soir même, Cap filait sur Antibes, regagnant son yacht, *le Roi des Madrépores*, et je demeurai une grande quinzaine sans le revoir.

Un matin, je fus réveillé par de grands éclats de voix dans mon antichambre : le clairon triomphal du Captain ébranlait mes parois.

— Ah ! ah ! proclamait Cap, je les ai, les preuves, je les tiens !

— Les preuves de quoi ? m'étirai-je en ma couche.

— Je savais bien que ce sale chimpanzé ne s'appelait pas Auguste !

— Ah !

— Je viens de recevoir une dépêche de Bornéo, sa ville natale. Non seulement il ne s'appelle pas Auguste, mais encore il s'appelle Charles !

— Diable, c'est grave !... Et dites-moi, mon cher Cap, pensez-vous alors que Charles, l'orang de Nice, soit parent de Charles Laurent, de Paris ?

— Dans votre conduite, mon cher Alphonse, le ridicule le dispute à l'odieux... J'ai reçu de notre consul à Bornéo toutes les pièces établissant, incontestablement, que le grand singe du Pont-Vieux s'appelle Charles. Vite, levez-vous et allons chez un avoué. A nous les 10,000 francs !

Mon notaire de Nice, M. Pineau, qui passe à juste titre pour l'un des plus éminents juris-consultes des Alpes-Maritimes, nous donna l'adresse d'un excellent avoué, et notre papier timbré fut rédigé en moins de temps qu'il n'en faut pour l'écrire.

Mais, hélas ! la petite fête foraine du Pont-Vieux était terminée.

Le faux Auguste, sa baraque, son barnum, tout déménagé à San-Remo, sur la terre d'Italie ; et l'on n'ignore point que la loi

(1) Apéritif exquis que ce *Mannhattan cocktail* : mélange par parties égales de whisky et de vermouth de Turin additionné de quelques gouttes d'angustura et d'une petite cuillerée de curaçao. Glace pilée. Agitez, passez, versez.

italienne est formelle à cet égard : interdiction absolue de rechercher l'état civil de tout singe haut de 70 centimètres et plus.

CHAPITRE IX

Résumé trop succinct, hélas ! d'une conférence du Captain Cap sur un projet de nouvelle division pour la France.

Vous n'êtes pas sans avoir remarqué, mesdames et messieurs, qu'on a donné le nom de *Midi* à la partie méridionale de la France.

Je vais dans le Midi. J'arrive du Midi. Les médecins lui ont conseillé d'aller passer l'hiver dans le Midi. Il a l'accent du Midi, etc., etc. Telles sont les courantes locutions qu'on entend chaque jour et contre lesquelles personne, je gage, n'a songé à protester, tant cette appellation semble naturelle à tous.

Pourquoi cela, je vous le demande ?

Pourquoi, seules, les contrées du Sud bénéficieraient-elles de cette dénomination alors que pas un autre pays de France ne s'appelle le *Minuit* ou le *Quatre heures moins le quart* ?

Je le répète, cet état de choses ne répond pas aux idées de justice que nous portons tous au cœur, et je vais avoir l'honneur de vous présenter un petit projet qui supprimerait cette partialité flagrante.

Je divise la France (idéalement, bien entendu, car elle est assez divisée comme ça, la pauvre bougresse) en douze tranches latitudinales, dont chacune porte le nom d'une heure de l'horloge.

Le *Midi* sera toujours le *Midi* ; la tranche située immédiatement au-dessus s'appellerait l'*Onze heures*, celle d'au-dessus le *Dix heures*, et ainsi de suite jusqu'au Nord.

La dernière tranche *(ultima ratio,)* celle située le plus au nord s'appellera, par conséquent, l'*Une heure*.

Chacune de ces tranches à son tour sera divisée en 60 petites tranchettes représentant chacune une minute.

Cette terminologie vous semble un peu bizarre, parce que vous n'êtes pas habitués ; mais, la première fois qu'un homme a dit : « *Moi, je suis du Midi* », cette phrase a paru bien drôle aussi, soyez-en convaincus.

Mais ce n'est pas tout : de même que nous avons partagé la France en large, nous allons maintenant la diviser en long, c'est-à-dire dans le sens des longitudes.

Nous formons ainsi sept zones qui porteront chacune le nom d'un jour de la semaine, à commencer par les parages de Brest, qui s'appelleront *Lundi*, pour terminer à nos frontières de l'Est, là-bas, qui répondront au nom de *Dimanche* (1).

Nous déterminons ainsi des tas de petits carrés dont le seul énoncé indiquerait exactement la situation, beaucoup plus clairement qu'avec la vieille et ridicule mode des degrés de longitude et de latitude.

Paris, par exemple, si je ne me trompe, se trouverait dans le *Jeudi — Cinq heures vingt.*

Mon projet, comme vous le voyez, est simple, trop simple même pour être adopté par ces messieurs du gouvernement.

J'aperçois d'ici la tête du directeur du Bureau des Longitudes.

Avez-vous vu, dans Barcelone, une grosse légume hausser les épaules ? (*Hilarité générale.*)

CHAPITRE X

Exposé de la méthode employée par le Captain Cap pour établir le record du millimètre et le record du « gnon ». Cap, champion du monde!

— Qu'apprends-je à l'instant, mon cher Cap ; c'est vous qui détenez le record du millimètre?

— Parfaitement, mon cher, on ne vous a pas trompé ; c'est bien moi, à l'heure actuelle, qui détiens le *record du millimètre* non seulement pour la France, mais encore pour

(1) Ah! oui, ce sera un beau dimanche que le jour où dans ce même Est... Mais, *Motus!* Pensons-y toujours, n'en parlons jamais.

l'Europe et l'Amérique. Un Australien vie, de le battre, paraît-il, mais mon excellent ami et collaborateur Recordman me conseille d'attendre confirmation de cette soi-disant victoire.

Je vous donne avec plaisir les quelques renseignements que vous sollicitez.

La machine que je monte est un vélocipède en bois, construit en 64 par un charron des environs de Pont-l'Évêque, malheureusement mort depuis. La marque est devenue relativement rare sur le marché et je ne connais guère, pour posséder une machine semblable à la mienne, que M. Paul de Gaultier de la Hupinière, un des plus joyeux esthètes de Flers (Orne).

A l'époque où ces machines furent construites, Dunlop était un tout petit garçon et Michelin tétait encore, de sorte que les pneumatiques se trouvèrent alors provisoirement remplacés par un mince ruban de tôle qui, moins souple, peut-être, que le caoutchouc, possède sur cette substance l'avantage d'une rare coriacité.

Pour la tôle, cher ami, les cailloux du chemin ne sont qu'un jeu d'enfant, et les tessons de bouteilles, à peine une diversion.

Je détiens le *record du millimètre* sur piste et sur route.

Je l'ai accompli sur piste, sans entraîneurs, en moins de 1/17000e de seconde.

Sur route, mon temps est un peu plus long : 1/14000º de seconde.

Je dois ajouter que, dans cette dernière épreuve, j'eus contre moi un vent épouvantable, doublé d'une pluie torrentielle. Et puis — peut-être devrais-je passer ce détail sous silence — mes entraîneurs MM. X... et Y... (1) à la suite d'une absorption sans doute excessive de *whisky stone fence* (2) se trouvaient ivres-morts, comme par hasard.

(1) Dans le texte primitif, le nom de ces messieurs était inscrit tout au long. Mais depuis cette époque, l'un s'est vu infliger dix ans de réclusion, l'autre est entré dans les ordres. Comme c'est loin tout ça!

(2) Le *whisky stone fence*, autrement dit *barrière de pierre de whisky* n'est autre que d'excellent cidre sucré et frappé dans lequel vous ajoutez un verre d'*irish* ou de *scoth whisky*. On peut remplacer ces spiritueux par du calvados.

Je compte, d'ailleurs, battre mon propre temps, dans le courant de septembre prochain.

En cette prévision, je m'entraîne sérieusement, travaillant quatorze heures par jour, moitié sur une descente de lit (représentant un tigre dans les jungles), moitié sur sable mouillé.

Ma nourriture se compose exclusivement de rogue de limande très peu cuite, que j'arrose avec une infusion de chiendent coupée d'un bon tiers de queues de cerises.

Quelle est mon attitude sur la machine ? me demandez-vous.

A cet égard, j'ai toujours suivi un vieux dicton de l'École de Saverne que ma grand'-mère me répétait souvent, au temps de mon enfance, et dont je n'ai jamais cessé de bien me trouver :

> Rigide comme un cyclamen
> Chevauchez votre cycle. Amen !

J'évite donc de me pencher sur le guidon et tout le haut de mon corps tend, sans affectation, à se rapprocher de la verticale.

Voilà, mon cher Allais, les quelques détails que vous avez sollicités de mon obligeance bien connue et de ma courtoisie dont l'éloge n'est plus à faire.

Pour les renseignements complémentaires, consultez mon prochain ouvrage *(sous presse)* : *Les Confessions d'un enfant du cycle.*

— Je n'y manquerai point.

— Mais ce record n'est pas le seul que j'émets la prétention de détenir. J'ai pioché sérieusement et réussi, à moins de réclamations ultérieures, celui du *gnon*.

— Le record du *gnon* ?

— Parfaitement !

Et Cap s'exprime de la sorte :

« Pour un cycliste, savoir se tenir sur sa machine est d'une bien petite importance ; mais savoir en tomber en possède une plus grande. Les gens intelligents le comprendront sans peine.

... Grâce à un entraînement consciencieux et journalier, j'ai obtenu les résultats suivants, sur piste :

Pour la minute, 18 chutes 3/8 ; pour l'heure, 1,097 chutes ; 69 pour le mètre et 7,830 pour le kilomètre.

... Mon procédé : j'ai commencé par me garnir le corps de coussins formés de vieux pneumatiques, dont j'ai graduellement diminué l'épaisseur. Peu à peu, je les regonflai en remplaçant l'air par les billes de bicyclettes.

Aujourd'hui, je suis très en forme, et je suis tombé, hier, sur une pile de bouteilles que j'ai littéralement broyées sans me causer la moindre égratignure... Ma machine : une simple roue de voiture à bras, avec guidon à contre-poids pour accélérer la chute. Axe fixe. Jamais d'huile. »

Suivent quelques détails qui pourraient fatiguer le lecteur peu habitué aux spéculations techniques.

Le Captain Cap se met à la disposition de n'importe quel quidam pour un match relatif au *gnon* que cet individu lui proposerait.

Le record du temps pour la descente de l'escalier de six étages serait également détenu, si nous en croyons, par notre intrépide et sportif ami.

Laissons-lui la parole.

— ... Par goût autant que par hygiène, je fais du pédestrianisme à outrance. Le Juif-Errant, dont vous faites votre Dieu, n'est auprès de moi, qu'un lourdaud cul-de-plomb.

Pas de sport sérieux, n'est-ce pas ? sans entraîneurs. Or, mes minces ressources actuelles (1) m'interdisent de rémunérer de tels tiers.

Aussi, qu'ai-je imaginé ? Ne cherchez pas. J'ai imaginé de prendre comme entraîneur le premier venu, le dernier venu, n'importe qui, vous, le général Brugère, l'abbé Lemire, Carolus Duran, je m'en fiche.

J'emboîte le pas de l'être choisi, et je m'en vais.

L'être choisi s'aperçoit tout de suite du manège. Il accélère son allure. Moi la

---

(1) C'est en effet, vers cette époque, que d'imprudentes spéculations sur la peau de musaraigne avaient amené Cap au seuil de la banqueroute.

mienne. Et nous voilà partis, menant un train du diable.

Des fois, je tombe sur un individu mal indiqué pour ce genre de solidarité. Des cannes se brisent sur ma physionomie, de lourdes mains s'appesantissent sur mon faciès. Plus souvent qu'à mon tour, je rentre chez moi titulaire d'un visage qui n'est plus qu'une bouillie sanguinolente.

Toutes choses excellentes pour me faire conserver le record du *gnon!*

Qu'importe?

Mais me voilà bien loin de mon record... J'y reviens... Mais, d'abord un petit *thunder* (1), voulez-vous?

— Volontiers.

— Hier donc, l'idée me vint de prendre, au lieu d'un entraîneur, une entraîneuse.

Justement, une jolie petite blonde!

Et allez donc !

Malheureusement, je m'emballai dans le *rush* final, j'enfilai les six étages derrière ma petite blonde en moins de temps qu'il n'en faut pour l'écrire, et je tombai sur le mari de la petite blonde.

Ou plutôt, ce fut le mari de la petite blonde qui tomba sur moi.

Sans rien perdre de mon sang-froid, je consultai ma montre à ce moment précis : il était 5 h. 17 m. 34 s.

Quand j'arrivai au bas de l'escalier, la curiosité me poussa à me rendre compte de la nouvelle heure qu'il pouvait bien être. Voici exactement : 5 h. 17 m. 41 s.

Une simple soustraction m'avisa que j'avais dévoré les six étages de la petite blonde en sept secondes, soit un peu plus d'une seconde par étage.

— Ce qui, entre nous, mon cher Cap, est un résultat splendide.

— Que je tâcherai de perfectionner encore

---

(1) Bon réconfortant que le *thunder* : glace en petits morceaux, demi-cuillerée de sucre en poudre, un œuf entier bien frais et un verre à liqueur de vieux cognac, une forte pincée de poivre de Cayenne. Frappez, passez, buvez.

CHAPITRE XI

Nouveau projet du Captain Cap pour communications interastrales.

Le flamboiement inaccoutumé de Mars — uniquement dû, d'ailleurs, à la générale adoption du bec Auer (1) par les habitants de cette planète — a remis sur le tapis de l'actualité la toujours intéressante question des communications inter-astrales.

Si véritablement des mondes animés grouillent au sein des astres environnants, comment leur faire signe, comment les aviser que la terre, notre petite terre chérie, est peuplée d'êtres intelligents (je parle de mes lecteurs), fort capables d'entrer en communication avec eux ?

Charles Cros avait été très préoccupé de cette question et il publia un petit mémoire fort curieux en lequel il proposait un système de signaux lumineux, commençant sur un rythme très simple pour arriver à des rythmes plus compliqués, mais très susceptibles d'être perçus et compris par des bonshommes d'organisation cérébrale analogue à la nôtre.

Tout cela est fort joli; mais pour faire d'utiles signaux à des gens, encore faut-il que ces gens soient avertis de votre manège ou, seulement, vous regardent au moment où vous vous occupez d'eux.

Si quelqu'un de vos amis, une supposition, passe sur l'autre trottoir du boulevard et que vous désiriez échanger avec lui quelques propos piquants, vous attirerez son attention; comment?

Avec un beau geste? Oui, s'il vous regarde en ce moment, c'est parfait mais, sinon ?

En l'appelant?

Voilà ce que je voulais vous faire dire .... En l'appelant.

Si les Martiens ou les Sélénites nous tournent le dos en ce moment, il faut crier très fort pour qu'ils se retournent.

---

(1) Invention qui a singulièrement réhabilité M. Auer du consternant système de chopine portant son nom et qui vous procure une tant lugubre ivresse.

Vous voyez d'ici le projet.

Mobiliser, pendant une heure, toute l'espèce humaine, tous les animaux, toutes les cloches, tous les pistolets, fusils, canons, toutes les assemblées délibérantes, tous les orchestres, depuis celui de Lamoureux jusqu'à la Musique municipale de Honfleur et la fanfare de la reine de Madagascar, etc., etc., les pianos, les belles-mères, en un mot tous êtres ou objets capables de produire du son.

A la même heure (au même *instant* plutôt, car l'heure est relative), tout ce monde, bêtes et gens, se mettrait à gueuler comme des sourds, les cloches du monde entier entreraient en branle, les pistolets, fusils, canons tonneraient, etc., etc.

Ce joli petit chambard durerait une heure durant.

Après quoi, chacun n'aurait pas volé d'aller se coucher sur les deux oreilles, si par hasard elles se trouvaient encore à leur place.

On n'aurait plus qu'à attendre.

Mars étant séparé de la Terre par une distance de... lieues, le son parcourant... lieues à la seconde, les Martiens entendraient donc notre concert au bout de... heures... minutes ... secondes.

Au bout d'un laps double de ce temps, plus le temps moral pour l'organisation de la réponse, si nous n'entendons aucune clameur astrale, c'est que les Martiens sont sourds, tels des pots, ou qu'ils se fichent de nous comme de leur premier bock (de bière de Mars).

Et alors ce serait à vous décourager de l'astronomie.

CHAPITRE XII

Récit incroyable mais vrai de dressages d'animaux, obtenus sans effort par de patients bipèdes.

Dimanche dernier, aux courses d'Auteuil, je fis la rencontre du Captain Cap et je res-

sentis de cette circonstance, une joie d'autant plus vive que je croyais, pour le moment, notre sympathique navigateur en rade de Bilbao.

La journée de dimanche dernier n'est pas tellement effondrée dans les abîmes de l'Histoire qu'on ne puisse se rappeler l'abominable temps qui sévissait alors (1).

— Mouillé pour mouillé, conclut Cap après les salutations d'usage, j'aimerais mieux me mouiller au sein de l'*Australian Wine Store* de l'avenue d'Eylau. Est-ce point votre avis?

— J'abonde dans votre sens, Captain.

— Alors, filons!

Et nous filâmes.

— Qu'est-ce qu'il faut servir à ces messieurs? demanda la gracieuse petite patronne.

— Ah! voilà, fit Cap. Que pourrait-on bien boire?

— Pour moi, fis-je, il pleut dans mon cœur comme il pleut sur la ville, en sorte que je vais m'envoyer un bon petit *Angler's cocktail* (2).

— C'est une idée! Moi aussi, je vais m'envoyer un bon petit *Angler's cocktail*. Préparez-nous, madame, deux bons petits *Angler's cocktails*, je vous en prie.

A ce moment, pénétra dans le bar un homme que Cap connaissait et qu'il me présenta.

Son nom, je ne l'entendis pas bien; mais sa fonction, vivrais-je aussi longtemps que toute une potée de patriarches, je ne l'oublierai jamais.

L'ami de Cap s'intitulait modestement: *chef* de musique à bord du GOUBET (3)!

Cet étrange fonctionnaire se mit à nous conter des histoires plus étranges encore.

(1) Ce qui était vrai alors se trouve inexact aujourd'hui, et bien peu de personnes ont dû garder le souvenir du déplorable état climatérique de cette journée. Après la pluie le beau temps.

(2) Etes-vous comme moi ? J'adore l'*Angler's cocktail*. Goûtez-en, vous verrez : glace pilée, quelques gouttes d'angustura, une cuillerée à café d'orange-bitter, une autre de sirop de framboise; complétez avec du gin, agitez, passez, délectez-vous.

(3) A cette époque le *Goubet* passait pour constituer l'avenir de la marine submersible française.

Il avait passé tout l'été, affirmait-il, à dresser des moules.

— La moule ne mérite aucunement son vieux renom de stupidité. Seulement, voilà, il faut la prendre par la douceur, car c'est un mollusque essentiellement timide. Avec de la mansuétude et de la musique, on en fait ce qu'on veut.

— Allons donc!

— Parole d'honneur! Moi qui vous parle (et le Captain Cap vous dira si je suis un blagueur), je suis arrivé, jouant des airs espagnols sur la guitare, à me faire accompagner par des moules jouant des castagnettes.

— Voilà ce que j'appelle un joli résultat!

— Entendons-nous!... Je ne dis pas positivement que les moules jouaient des castagnettes : mais par un petit choc répété de leurs valves, elles imitaient les castagnettes, et très en mesure, je vous prie de le croire. Rien n'était plus drôle, messieurs, que de voir tout un rocher de moules aussi parfaitement rythmique!

— Je vous concède que cela ne devait pas constituer un spectacle banal.

Pendant tout le récit du chef de musique du Goubet, Cap n'avait rien proféré, mais son petit air inquiet ne présageait rien de bon.

Il éclata :

— En voilà-t-y pas une affaire, de dresser des moules! C'est un jeu d'enfant!... Moi j'ai vu dix fois plus fort que ça!

Le chef de musique du Goubet ne put réprimer un léger sursaut :

— Dix fois plus fort que ça? Dix fois?

— Mille fois! J'ai vu en Californie un bonhomme qui avait dressé des oiseaux à se poser sur des fils télégraphiques selon la note qu'ils représentaient.

— Quelques explications complémentaires nous semblent indiquées.

— Voici : mon bonhomme choisissait une ligne télégraphique composée de cinq fils, lesquels fils représentaient les portées d'une partition. Chacun de ses oiseaux était dressé de façon à représenter un *ut*, un *ré*, un *mi*, etc.

Pour ce qui est des *temps*, les oiseaux blancs représentaient les *blanches*, les oiseaux noirs les *noires*, les petits oiseaux les croches, et les encore plus petits oiseaux les *doubles croches*. Mon homme n'allait pas plus loin.

— C'était déjà pas mal!

— Il procédait ainsi : accompagné d'immenses paniers recélant ses volatiles, il arrivait à l'endroit du spectacle. Après avoir ouvert un petit panier spécial, il indiquait le ton dans lequel s'exécuterait le morceau. Une couleuvre sortait du petit panier spécial, s'enroulait autour du poteau télégraphique et grimpait jusqu'aux fils entre lesquels elle s'enroulait de façon à figurer une clef de *fa* ou une clef de *sol*. Puis l'homme commençait à jouer son morceau sur un trombone à coulisse en osier.

— Pardon, Cap, de vous interrompre. Un trombone à coulisse... en quoi?

— En osier. Vous n'ignorez pas que les paysans californiens sont très experts en l'art de fabriquer des trombones à coulisse avec des brins d'osier?

— Je n'ai fait que traverser la Californie sans avoir le loisir de m'attarder au moindre détail ethnographique.

— Alors, à chaque note émise par l'instrument, un oiseau s'envolait et venait se placer à la place convenable. Quand tout ce petit monde était placé, le concert commençait, les volatiles émettant leur note chacun à son tour.

La petite patronne (1) de l'*Australian Wine Store* semblait au comble de la joie d'entendre une si mirifique imagination, et comme nous manifestions une vague méfiance, elle se chargea de venir au secours de Cap avec ces mots qu'elle prononça gravement :

— Tout ce que vient de dire le Captain est rigoureusement exact. Moi, je les ai vus, ces oiseaux mélomanes. C'était, n'est-ce pas, Cap? sur la ligne télégraphique qui va de *Tahdblagtown* à *Loofock-Place*.

(1) Dire que j'ai été follement amoureux de cette petite bonne femme-là! Très brune, un peu forte, d'une fraîcheur! duvetée comme une douzaine de pêches, je la vois encore! Comme c'est loin tout ça!

CHAPITRE XIII

Description oiseuse et par conséquent détaillée des manipulations minutieuses et efficaces au moyen desquelles on remet à neuf les vieux confetti.

D'un seul coup, Cap lampa le large verre d'*american grog* (1) qu'on venait de lui servir, et me dit :

— Alors, ça vous embête tant que ça, la pénible incertitude où vous pataugez !

— Quelle pénible incertitude, dites-moi, Captain ?

— De savoir au juste où vont les vieilles lunes ?

— Moi !... Je vous assure bien, Cap, que les vieilles lunes sont parfaitement libres d'aller où bon leur semble, et que jamais je n'irai les y quérir !

Comme si son oreille eût été de granit, Cap persista :

— Et aussi les neiges d'antan, mon pauvre ami ! L'angoisse vous étreint de leurs destinées !

— Ainsi que le poisson d'une pomme, je me soucie des neiges d'antan... Ah ! certes, Cap, je suis torturé par une hantise, mais d'un ordre plus humain, celle-là, et j'en meurs !

Je croyais que Cap allait s'intéresser à ma peine et m'interroger. Ah ! que non point !

— Et aussi les vieux confetti, n'est-ce pas ? continua-t-il, immuable, vous n'allez pas dire que vous vous en fichez ?

Cette fois, je changeai mes batteries d'épaule et, pour déconcerter son parti pris, je feignis de m'intéresser prodigieusement au sort des vieux confetti.

— Ah ! les vieux confetti ! m'écriai-je, les yeux blancs. Où vont les vieux confetti ?

Cap tenait son homme.

— Je vais vous le dire, moi, où vont les vieux confetti.

Et pour donner un peu de cœur au ventre

(1) Faites chauffer moitié vieux rhum, moitié eau, sucrez et ajoutez un rond de citron dans lequel vous aurez fiché quatre clous de girofles, Réchauffant et stimulant.

de Cap, je priai le garçon de nous servir, car je venais de piger un rhume sérieux, deux *ale-flips* (1) bien soignés.

— Les vieux confetti ! Il n'y a pas de vieux confetti, ou plutôt, il n'y en aura plus.

— Allons donc ! Et comment ce phénomène ?

— A cause de la *Nouvelle société centrale de lavage des confetti parisiens*, dont je préside le conseil d'administration.

— Vous m'en direz tant !

— Rien de plus curieux que le fonctionnement de cette industrie. Je sors de l'usine et j'en suis émerveillé.

— Des détails, je vous prie, Cap !

— Voici, en trois mots : Le lendemain du mardi gras et autres jours fous, des employés à nous, munis d'un matériel *ad hoc*, ramassent tous les confetti gisant sur le trottoir parisien et les rapportent au siège social, 237, rue Mazagran.

— Bon.

— On les soumet à une opération préalable qui s'appelle le *triage*, et qui consiste à séparer les confetti secs des confetti mouillés. Les premiers passent au ventilateur, qui les débarrasse de la poussière ambiante : c'est le *dépoussiérage*.

— Je l'aurais parié !

— Ceux-là, il n'y a plus qu'à leur faire subir le *défroissage*, opération qui consiste...

— A les défroisser.

— Précisément ! au moyen d'un petit fer à repasser élevé à une certaine température... Restent les confetti mouillés. On les mène, au moyen de larges trémies épicycloïdales, dans de vastes étuves où ils se dessèchent.

— C'est ce que vous appelez le *desséchage*, sans doute ?

— Précisément !... Une fois desséchés, les confetti sont violemment projetés dans

(1) Au début d'un rhume, rien de tel qu'un *ale-flip*. Vous le préparez ainsi : faites chauffer un demi-verre de pale-ale, mélangez à part un œuf avec une cuillerée à bouche de sucre en poudre, saupoudrez de muscade. Après avoir bien battu le tout, versez lentement dans la bière en remuant vivement par petite quantité. Cette boisson est une sorte de lait de poule à la bière.

une boîte dont la forme rappelle un peu celle d'un parallélipipède. Cette boîte est munie d'une petite fente imperceptible de laquelle s'échappe — un à un — chacun des petits disques de papier. A la sortie, le confetti est saisi par une minuscule pince à articulation et soumis à l'action d'une mignonne brosse électrique et vibratile. C'est ce que nous appelons...

— Le *brossage*.

— Précisément !... Une autre sélection s'impose. Parmi les confetti ainsi brossés, il s'en trouve quelques-uns maculés de matières grasses, phénomène provenant de leur contact avec les ordures ménagères. Ces derniers sont soigneusement séparés des autres.

— C'est ce que vous appelez le *séparage*.

— Précisément !... Les confetti gras sont trempés dans une solution de carbonate de potasse qui saponifie les matières grasses et les rend solubles. Il ne reste plus qu'à les laver à grande eau pour les débarrasser de toute réaction alcaline. Nous obtenons ce résultat au moyen du...

— *Lavage à grande eau*.

— Précisément !... Alors, on les remet à l'étuve, on les repasse au fer chaud...

— Et voilà !

— Vous croyez que c'est tout ?

— Dame !

— Eh bien ! vous vous trompez. L'opération est à peine commencée.

Une nuance d'effroi se peignit dans mes yeux.

— Vous n'ignorez pas, reprit Cap, combien il est pénible de recevoir des confetti dans la bouche ou dans l'œil ?

— Croyez moi, j'ai passé par là.

— Désormais, ce martyre sera des plus salutaires. Les confetti, au moyen d'une imbibition dans des liquides de composition variable, acquièrent des densités différentes. Les plus lourds se dirigent vers la bouche, les plus légers dans l'œil (ce calcul fut, entre parenthèses, d'une détermination assez délicate).

— Nulle peine à le croire.

— Les confetti destinés à la bouche sont imprégnés de principes balsamiques infiniment favorables au bon fonctionnement des voies respiratoires.

— Laissez-moi parier que les confetti destinés aux yeux sont chargés d'éléments tout pleins de sollicitude pour les organes de la vue.

— Ah ! on ne peut rien vous cacher, à vous !

— A la vôtre, mon cher Cap !

— Dieu vous garde, mon vieil Allais.

CHAPITRE XIV

Le Captain Cap et la défense nationale. — Nouveau mode de transport de dépêches. — La critique du général Dragomirov.

Le premier être humain que j'aperçus, en sortant de la gare, fut mon vieil ami le Captain Cap, qui remontait d'un pas songeur la rue d'Amsterdam.

En vue de cette occurrence, la main de Dieu eut, jadis, la précaution de placer à cet endroit l'*Irish bar* de notre vieux Austin (1).

Et puis il faisait si chaud depuis le buffet de Serquigny, ma dernière étape !

Nous entrâmes.

... Huit mois déjà passés que je n'avait vu le Captain !... Huit mois !...

La bonne rencontre ! Et quel parfum fleurait le *Old Tom gin* de ce frais petit bar !

— Donnez-moi votre main, Cap, que je la serre encore.

— Et aussi la vôtre, vieux lâcheur.

— Ne m'accusez pas, Cap.

— Oui, je sais...

Le Captain avait tant de choses à me conter qu'il ne savait par où débuter.

Je vins à son secours.

— D'où arrivez-vous, Cap, en ce costume de voyage ?

— Des grandes manœuvres de l'Est.

— C'était beau ?

(1) Ce n'est plus notre vieux Austin, qui tient ce bar, mais les gens qui le remplacent ont l'air très bien. Ce sont des Suisses, je crois.

— Oh ! je n'ai pas eu le temps de regarder les troupes !... J'avais d'autres chiens à fouetter !

— Je vois avec plaisir, mon cher Cap, que vous n'avez pas changé ! Car il n'y a que vous au monde, et quelques aveugles, pour aller aux grandes manœuvres sans jeter un coup d'œil sur les militaires.

— Je ne fus en conctact qu'avec les généralissimes, Zurlinden, Félix Faure et Dragomirov (1).

— Vous avez de jolies relations, Cap !

— Dites plutôt que ces messieurs furent des plus honorés de me connaître.

— Ont-ils au moins su vous apprécier ?

— Il le fallut bien, mon invention étant de celles qui s'imposent à l'admiration des plus grosses légumes.

— Votre invention, Captain ?

— Mon invention, oui.

— Ah ! ah !

Ce *Ah ! ah !* cachait, de ma part, une intolérable démangeaison de connaître la nouvelle idée de mon prodigieux ami.

Mais lui se cavernait dans l'inexorable cloître du mutisme.

— Voyons, Cap, soyez gentil ! Dites-moi quelques mots de votre invention.

— Impossible !

— Indiquez-moi, seulement, de quoi il s'agit.

— Impossible ! impossible ! ce serait compromettre la défense nationale.

— La défense nationale ! le salut de la Patrie ! c'est vous qui venez me parler de ces sornettes, vous, Cap, l'apôtre de l'anti-européanisme !

— Le salut de la France m'intéresse autant qu'une partie de *poker dice* (2) et j'aime beaucoup le *poker dice.*

Je me levai, tendis la main à Cap, et, d'une voix consternée :

— Au revoir, dis-je, ou plutôt adieu, Cap !

— Adieu ! Pourquoi adieu ?

Cela ne nous rajeunit pas !

2) Jeu de dés dont la règle est semblable à celle du *poker* avec des cartes.

— Parce que je veux ne plus jamais revoir un ami dont je perdis la confiance.

— Allons, asseyez-vous, grand enfant, je vais tout vous dire !... Mais jurez-moi que pas une de mes paroles ne sortira d'ici.

— Je le jure !

— Mon idée, comme toutes les idées géniales, est d'une simplicité vertigineuse. Elle consiste à remplacer, pour le transport des dépêches militaires, les pigeons par les poissons.

— Ces poissons volants ?

— Non, des poissons qui nagent tout bêtement, comme tous les poissons. Mieux que le pigeon (qui, comme son nom l'indique, est un imbécile), le poisson est éminemment éducable. De plus, il est d'une discrétion parfaite... Avez-vous jamais entendu un poisson faire des ragots sur son prochain ?

— Jamais, Cap !

— Le poisson était donc tout indiqué pour jouer le rôle important de messager militaire. Il porte les dépêches d'un général à un autre aussi fidèlement, plus sûrement et plus vite que n'importe quel idiot de pigeon.

— Et dire que personne n'a pensé à cela !

— Les gens sont si bêtes !

— Vos essais aux manœuvres de l'Est ont réussi ?

— Pleinement ! Mon équipe de poissons voyageurs a rendu les plus grands services à Saussier. Félix Faure n'en revenait pas.

— Et Dragomirov, qu'est-ce qu'il a dit ?

— Dragomirov était furieux ! Il prétend que de faire porter des dépêches aux poissons, ça leur abîme le caviar.

———

CHAPITRE XV

La question des ours blancs devant le Captain Cap.

Il faudrait le crayon de Callot, doublé de la plume de Pierre Maël, pour donner une faible idée de l'émotion qui nous étreignit tous deux. Le Captain Cap et moi, en nous retrouvant, après ces trois longs mois de séparation.

Nos mains s'abattirent l'une dans l'autre, mutuel étau, et demeurèrent enserrées longtemps. Nous avions peine à contenir nos larmes.

Cap rompit le silence, et sa première phrase fut pour me plaindre de revenir en cette bureaucrateuse et méphitique Europe, surtout dans cette burlesque France où, selon la forte parole du Captain, *il est interdit d'être soi-même*.

Cap parlait, parlait autant pour cacher sa très réelle émotion que pour exprimer, en verbes définitifs, ses légitimes revendications.

C'est ainsi que nous arrivâmes tout doucement devant *l'Australian Wine Store*, de l'avenue d'Eylau, là, où il y a une petite patronne qui ressemble à un gros et frais baby chilien.

Notre émotion devait avoir laissé des traces visibles sur notre physionomie, car le garçon du bar nous prépara, sans qu'il fût besoin de lui en intimer l'ordre, deux *brandy cocktails* (1), breuvage qui s'indiqua de lui-même en ces circonstances.

Un gentleman se trouvait déjà installé au bar devant une copieuse rasade d'*irish whisky*, arrosé d'un tout petit peu d'eau. L'*irish whisky* avec trop d'eau n'a presque plus de goût.

Cap connaissait ce gentleman ; il me le présenta :

— Monsieur le baron Labitte de Montripier.

J'adore les différentes relations de Cap. Presque toujours, avec elles, j'éprouve une sensation de pittoresque rarement trouvée ailleurs.

Le baron vient, paraît-il, de prendre un brevet sur lequel il compte édifier une fortune princière.

Grâce à des procédés tenus secrets jusqu'à présent, le baron a réussi à enlever au caout-

(1) Glace en petits morceaux, quelques gouttes d'angustura, une demi-cuillerée de crème de noyaux, une autre de curaçao, finissez avec fine champagne. Agitez, passez zeste de citron, buvez.

chouc cette élasticité qui le fait impropre à tant d'usages. Au besoin, il le rend fragile comme du verre. Où l'industrie moderne s'arrêtera-t-elle, mon Dieu ? Où s'arrêtera-t-elle ?

Quand nous eûmes épuisé la question du caoutchouc cassant, la conversation roula sur le tapis de l'hygiène.

Le baron contempla notre *brandy cocktail* et fit cette réflexion, qui projeta Cap dans une soudaine et sombre ire :

— Vous savez, Captain, c'est très mauvais pour l'estomac, de boire tant de glace que ça.

— Mauvais pour l'estomac, la glace ? Mais vous êtes ivre-mort, baron, ou dénué de tout sens moral pour avancer une telle absurdité, aussi blasphématoire qu'irrationnelle !

— Mais...

— Mais... rien du tout ! Connaissez-vous dans la nature un animal aussi vigoureux et aussi bien portant que l'ours blanc des régions polaires ?

— ? ? ?

— Non, n'est-ce pas, vous n'en connaissez pas ? Eh bien, croyez-vous que l'ours blanc s'abreuve trois fois par jour de thé bouillant ?... Du thé bouillant sur les banquises ? Mais vous êtes fou, mon cher baron !

— Pardon, Captain je n'ai jamais dit...

— Et vous avez bien fait, car vous seriez la risée de tous les gens de bon sens. Les ours blancs des régions polaires ne boivent que de l'eau frappée et ils s'en trouvent admirablement, puisque leur robustesse est passée à l'état de légende. Ne dit-on point : *Fort comme un ours blanc ?*

— Évidemment.

— Et, puisque nous en sommes sur cette question des ours blancs, voulez-vous me permettre, mon cher Allais, et vous aussi mon cher Labitte de Montripier, de vous révéler un fait d'autant moins connu des naturalistes que je n'en ai encore fait part à personne ?

— C'est une bonne fortune pour nous, Captain, et un honneur.

— Savez-vous pourquoi les ours blancs sont blancs ?

— Dam !

— Les ours blancs sont blancs parce que ce sont de vieux ours.

— Mais, pourtant les jeunes... ?

— Il n'y a pas de jeunes ours blancs. Tous les ours blancs sont de vieux ours, comme les hommes qui ont les cheveux blancs sont de vieux hommes.

— Etes-vous bien sûr, Captain ?

— Je l'ai expérimenté moi-même. L'ours, en général, est un plantigrade extrêmement avisé et fort entendu pour tout ce qui concerne l'hygiène et la santé. Dès qu'un ours quelconque, brun, noir, gris, se sent vieillir, dès qu'il aperçoit dans sa fourrure les premiers poils blancs, oh ! alors, il ne fait ni une ni deux : il file dans la direction du Nord, sachant parfaitement qu'il n'y a qu'un procédé pour allonger ses jours, c'est l'eau frappée. Vous entendez bien, Montripier, l'eau frappée !

— C'est très curieux ce que vous nous contez là, Captain !

— Et cela est si vrai qu'on ne rencontre jamais de vieux ours ou des squelettes d'ours dans aucun pays du monde. Vous êtes-vous parfois promené dans les Pyrénées ?

— Assez souvent.

— Eh bien ! la main sur la conscience, ez-vous jamais rencontré un vieux ours un cadavre d'ours sur votre chemin ?

— Jamais.

— Ah ! vous voyez bien. Tous les ours viennent vieillir et mourir doucement dans les régions arctiques.

— De sorte qu'on aurait droit d'appeler ce pays l'*arctique* de la mort.

— Montripier, vous êtes très bête !... On pourrait élever une objection à ma théorie de l'ours blanc : c'est la forme de ces animaux, différente de celle des autres ours.

— Ah ! oui.

— Cette objection n'en est pas une. L'ours blanc ne prend cette forme allongée que grâce à son régime exclusivement ichtyophagique.

A ce moment, Cap affecta une attitude si **promithante** que **nous tînmes pour parole**

d'évangile cette dernière assertion, d'une logique pourtant peu aveuglante.

Et nous dégustâmes sur l'heure un *rocky mountain punch* (1) avec énormément de glace dedans, pour nous assurer une vieillesse vigoureuse.

CHAPITRE XVI

L'antifiltre du Captain Cap ou un nouveau moyen de traiter les microbes comme ils le méritent.

— Y aurait-il indiscrétion, mon cher Cap, à vous demander en quoi consiste le paquet que vous tenez sous le bras ?

— Nullement, cher ami, nullement.

Et avec une complaisance digne des temps chevaleresques, Cap déballa son petit paquet et m'en présenta le contenu, un objet cylindrique, composé de cristal et de nickel, recélant quelques détails assez ténébreux.

— Que pensez-vous que ce soit ? interrogea Cap.

— Ça, c'est un filtre dans le genre du filtre Pasteur.

— Bravo ! s'écria Cap ! vous avez deviné ! vous avez parfaitement deviné, à part ce léger détail, toutefois, qu'au lieu d'être un filtre, cet objet est un antifiltre.

Une vive stupeur muette se peignit sur ma face, et c'est à grand'peine que je pus articuler :

— Un antifiltre, Cap ! Un antifiltre !

— Oui, répondit froidement le Captain, un antifiltre.

— Qu'ès aco ?

— Oh ! mon Dieu, c'est bien simple ! Grâce à cet appareil, vous pouvez immédiatement muer l'onde la plus pure en un liquide jaunâtre et saturé de microbes. Vous voyez d'ici les avantages de mon ustensile ?

(1) Dans un verre à gobbler rempli de glace pilée, deux cuillerées de sucre en poudre, le jus d'un demi-citron, demi-verre de vieux rhum, une cuillerée à bouche de marasquin, finir avec du Saint-Marceaux, un morceau de sucre candi, fruits selon la saison. Déguster avec chalumeau.

— Je les vois, Cap, mais je ne les distingue pas bien.

— Enfant que vous êtes! Vous croyez à l'antisepsie?

— Dame!

— Et à l'asepsie?

— Dame aussi!

— Pauvre niais! Vous êtes de la force du major Heitner, lequel ne considère potable que l'eau d'abord transformée en glace, puis longuement bouillie dans une marmite autoclave, cela dans l'espoir que tous les microbes disponibles seront morts d'un chaud et froid.

— D'un froid et chaud, vous voulez plutôt dire, Captain?

— Tiens, c'est vrai, je n'y avais point songé. Ce major Heitner est encore plus inconséquent que je ne croyais.

Et pour chasser la mauvaise impression de l'inconséquence excessive du major, nous pénétrâmes, Cap et moi, dans un de ces petits *american bars* qui sont le plus bel ornement de la baie de Villefranche.

Après l'ingurgitation d'un *lemon-squash* (1), Cap reprit :

— La guerre stupide que l'homme fait aux microbes va, d'ici peu de temps, coûter cher à l'humanité.

— Dieu nous garde, Cap!

— On tue les microbes, c'est vrai, mais on ne les tue pas tous! Et comment appelez-vous ceux qui résistent?

— Je ne les appelle pas, Cap; ils viennent bien tout seuls.

— Ah! vous ne les appelez pas? Eh bien, moi, je les appelle de *rudes lapins!* Ceux-là sortent de leurs épreuves plus vigoureux qu'avant et terriblement trempés pour la lutte. Dans la bataille pour la vie, les individus qui ne succombent pas gagnent un entraînement et une vigueur qu'ils transmettent à leur espèce. Gare à nous, bientôt!

— A genoux, Cap, et prions!

(1) Le *lemon-squash* n'est autre que notre citronnade ; glace pilée, jus de citron, sucre en poudre, eau de seltz ou soda. Bien remuer, ajoutez un rond de citron.

— Laissons la prière aux enfants et aux femmes. Nous autres, hommes, colletons-nous avec la vérité. Voici ma théorie relative aux microbes : au lieu de combattre ces petits êtres, endormons-les dans l'oisiveté et le bien-être. Offrons-leur des milieux de culture favorables et charmants. Que notre corps devienne la Capoue de ces Annibaux microscopiques.

— Très drôle ça, Cap, les *Annibaux microscopiques!*

— Alors, qu'arrivera-t-il? Les microbes s'habitueront à cette fausse sécurité. Ils pulluleront à l'envi; mais plus ils seront nombreux, moins ils seront dangereux. Bientôt, ils tomberont en pleine dégénérescence...

— Et Max Nordau fera un livre sur eux. Ce sera très rigolo.

— Hein! Que dites-vous de ma théorie?

— Épatante, Cap! Paix à tous les microbes de bonne volonté! Et, pour commencer la mise en pratique de votre idée, les microbes aiment-ils l'*irish cocktail* (1)?

— Ils l'adorent, Alphonse, n'en doutez point!

— Alors, garçon, deux *gin cocktails!* Et préparez-nous-les, *carefully*, vous savez?

— Et *largefully*, ajouta le Captain Cap avec son bon sourire.

Si vraiment, les microbes adorent les boissons américaines, ce fut une bonne journée pour eux, individuellement, mais déplorable pour la race.

CHAPITRE XVII

Où le Captain Cap réussit sans appareil à ascensionner avec la régularité d'un oiseau.

Ce pauvre Captain Cap commençait à me raser étrangement, avec ses aérostats, ses machines volantes, planantes et autres, qui m'indiffèrent également.

J'allais prendre congé sur un quelconque motif, quand un gentleman d'aspect robuste,

(1) Même préparation que le *brandy-cocktail*, en remplaçant le brandy par de l'*old Tom gin*.

et qui avait semblé prendre un vif intérêt aux grandes idées de Cap, se leva, s'approcha, nous tendant le plus correctement du globe sa carte, une très chic carte de chez Stern, sur laquelle on pouvait lire ces mots :

SIR A. KASHTEY

Winnipeg.

Nous aimons beaucoup le Canada, Cap et moi, et la rencontre d'un Canadien, même d'un Canadien anglais, nous transporte toujours de joie.

Aussi accueillîmes-nous, d'une mine accorte, ce noble étranger qui voulut bien consentir à accepter un *champagne-gobbler* (1).

Quand nous eûmes échangé les préliminaires de la courtoisie courante :

— C'est que, continua sir A. Kashtey, l'aérostation, ça me connaît un peu !... J'en ai fait jadis dans des conditions peut-être uniques au monde!

Je vis Cap lever d'imperceptibles épaules... *Conditions uniques au monde !*... Téméraire étranger!

Sans se laisser démonter, Kashtey ajouta :

— Le particulier de mon ascension, c'est que le ballon, c'était moi-même.

Sir A. Kashtey, après avoir eu la politesse de faire remplir nos verres, dit encore :

— Il y a une dizaine d'années de cela... Je commandais le brick *King of Feet*, chargé d'acide sulfurique, à destination d'Hochelaga. Une nuit, à l'embouchure du Saint-Laurent, nous fûmes coupés en deux, net, par un grand steamer de la *Dark-Blue Moon Line* et nous coulâmes à pic, corps et biens.

— Triste !

— Assez triste, en effet! Moi, j'étais chaussé de mes grosses bottes de mer en peau de loup-phoque, imperméables si vous voulez,

(1) Remplissez de glace pilée un grand verre, une cuillerée à café de curaçao, une autre de crème de noyaux, finissez avec tisane de Saint-Marceaux. Remuez, une tranche orange, une tranche citron, fraises et fruits selon la saison. Agitez, versez sur le tout, sans mélanger, un filet de porto rouge. Dégustez avec chalumeau.

mais peu indiquées pour battre le record des grands nageurs. Je fus néanmoins assez heureux pour flotter quelques instants, sur une pâle épave. A la fin, engourdi par le froid, je fis comme mon bateau et comme mes petits camarades : je coulai. Mais... écoutez-moi bien, je n'avais pas perdu une goutte de mon sang-froid, et mon programme était tout tracé dans ma tête.

— Vous êtes vraiment un homme de sang-froid, vous !

— J'en avais énormément dans cette circonstance : la chose se passait fin décembre.

— Très drôle, sir !

— Du talon de ma botte, je détachai de la coque de mon brick un bout de fer, qu'après avoir émietté dans mes mains d'athlète, j'avalai d'un coup. Doué, à cette époque, d'une vigueur peu commune, j'empoignai une des touries naufragées d'acide sulfurique et j'en avalai quelques gorgées.

— Tout ça, au fond de la mer?

— Oui, monsieur, tout ça au fond de la mer ! On n'est pas toujours dans des conditions qui vous permettent de choisir son laboratoire. Ce qui se passa, vous le devinez, n'est-ce pas ?

— Nous le devinons ; mais expliquez-le tout de même, pour ceux de nos lecteurs qui ne connaissent M. Berthelot que de nom.

— Vous avez raison !... Chaque fois qu'on met en contact du fer, de l'eau et un acide, il se dégage de l'hydrogène... Je n'eus qu'à clore hermétiquement mes orifices naturels, et en particulier ma bouche ; au bout de quelques secondes, gonflé du précieux gaz, je regagnais la surface des flots. Mais voilà !... Comme il est dit dans la complainte de la criminelle famille Fenayrou, j'avais mal calculé la poussée des gaz. Ne me contentant pas de flotter, je m'élevai dans les airs, balancé par une assez forte brise Est qui me poussa en amont de la rivière. Ce sport, nouveau pour moi, d'abord me ravit, puis bientôt me monotona. Au petit jour, j'entr'ouvris légèrement un coin des lèvres, comme un monsieur qui sourit. Un peu d'hydrogène s'évada ; me rapprochant peu à peu de mon poids normal, bientôt, je mis pied à terre, en un joli petit pays qui s'appelle Tadousac et qui est situé à l'embouchure du Saguenay. Connaissez-vous Tadousac ?

— Si je connais Tadousac! Et la jolie petite vieille église ! (la première que les Français construisirent au Canada). Et les jeunes filles de Tadousac qui vendent des photographies dans la vieille petite église au profit de la construction d'une nouvelle basilique!

(Et même si ces lignes viennent à tomber sous les yeux des jeunes filles de Tadousac, qu'elles sachent bien que messieurs P. F., E. D., B. de C., A. A. ont gardé d'elles un souvenir imprescriptible à la fois et charmant (1).

Sitôt fermée ma parenthèse, le gentleman de Winnipeg termina son récit avec une aisance presque injurieuse pour ce pauvre Cap :

— Dès que j'eus mis pied à terre, j'exhalai le petit restant d'hydrogène qui me restait dans le coffre, et je gagnai la saumonnerie de Tadousac en chantant à pleine voix cette vieille romance française que j'aime tant :

Laissez les roses aux rosiers
Et les éléphants au lord-maire.

Visiblement contrarié, Cap haussa les épaules murmurant :

— Ce bonhomme-là ne me fait pas l'effet d'un personnage bien sérieux.

CHAPITRE XVIII

Description d'une ingénieuse machine de l'invention de Cap pour faire du deux cent trente-quatre à l'heure.

Comme j'avais rencontré mon excellent ami le Captain Cap devant la *Leicester Tavern*, je lui dis simplement :

— Nous entrons ?

(1) Comme c'est loin tout ça ! Et dire que ces délicieuses jouvencelles sont peut-être actuellement d'énormes dondons aggravées de mille marmailles !

— Oh! que non pas ! répondit vivement Cap.

— Alors au *Chicago Bar*, c'est tout près ?

— Au *Chicago Bar* pas plus qu'à la *Leicester Tavern!*

— Vous m'inquiétez, Cap.

— Tant que durera le conflit anglo-américain, je ne mettrai les pieds en aucun établissement John-Bullesque ni Uncle-Sameux (1). Dans la situation que j'occupe, l'intégrale neutralité s'impose à moi.

— Et dans les brasseries vénézueliennes, Cap, y allez-vous ?

— Le moins possible... D'ailleurs, je ne bois plus rien à Paris. Dès que j'ai soif, je vais dans les départements, j'enfourche ma nonuplette...

— Pardon, Cap, de vous interrompre. Votre... quoi enfourchez-vous ?

— Ma nonuplette... Ah! vous ne connaissez pas ma nonuplette ? Comme son nom l'indique, c'est un cycle monté par neuf personnes comme la sextuplette est montée par six.

— Neuf personnes !

— Ah! c'est une fameuse machine que ma nonuplette! Uniquement composée de brins d'osier assemblés et renforcés par des bandes de papier gommé!

— Pas de métal !

— Pas ça de métal! Pas ça!

— Et c'est solide ?

— Pourquoi donc pas, je vous prie ? Une panthère, c'est solide ! Un albatros, c'est solide ! Un requin, c'est solide ! Et pourtant, citez-moi une pièce métallique entrant dans la construction de ces organismes !... Le bon Dieu est trop malin pour employer n'importe quel métal dans la confection de ses petits trucs.

— Vous devez aller vite, avec votre nonuplette ?

— Deux cent trente-quatre kilomètres à l'heure.

— Cap, mon vieux Cap, j'ai une peur ter-

(1) Ces aventures se déroulaient à une époque où l'Angleterre et les États-Unis étaient divisés par un conflit tellement grave que personne ne se souvien, aujourd'hui de quoi il s'agissait.

rible que vous n'abusiez de mon ingénuité.

— Mais pas du tout, cher ami, je vous jure !

— Deux cent trente-quatre kilomètres à l'heure !

— Pas un millimètre de moins. je dois d'ailleurs ajouter que ma nonuplette, machine et coureurs, pèse, tout compris, environ un kilo.

— Tout s'explique, alors ! Mais un kilo, y songez-vous, un simple kilo pour tout ce monde là !

— Je dois encore ajouter, pour terrasser vos doutes, que ma nonuplette est allégée par un ballon dont la force ascensionnelle représente, à un kilo près, le poids de la machine et des coureurs.

— Vous m'en direz tant ! Mais la résistance de l'air contre ce ballon ?

— Nulle ! Mon ballon affecte la forme d'un tire-bouchon à deux pointes, une par devant, une par derrière. Il se visse dans l'air comme le tire-bouchon se vrille dans le liège, c'est-à-dire sans résistance appréciable... D'où qu'il souffle, le vent n'arrive même pas à nous faire hausser les épaules.

— Pauvre vent !

— Allons, mon cher Allais, décidez-vous ! Venez avec nous prendre un verre à Dunkerque !

— Volontiers !

Mon acquiescement parut enchanter Cap, mais le capitaine se rappela bientôt qu'un léger accident était survenu, le matin même, à un brin d'osier de sa nonuplette.

Finalement nous entrâmes dans un petit café blanc et or, où un garçon entre deux âges, nous servit deux excellents bocks de bière Tourtel.

CHAPITRE XIX

Ce qu'on peut appeler sans crainte la maison vraiment moderne.

— Eh bien, mon vieux Cap, que pensez-vous de cela ?

— De quoi ?

Je tendis au Captain le numéro du *Journal* en lequel Marcel Prévost traitait, avec son autorité et son charme coutumiers, la question de la maison moderne (1).

D'un rapide coup d'œil, d'un de ces coups d'œil que l'aigle le plus perspicace n'hésiterait pas à signer, notre vaillant camarade eut bientôt fait de dévorer ladite chronique.

Puis il haussa les épaules, et d'une attitude qui lui est familière :

— Votre ami Prévost, dit-il, me semble bien ingénu de tant s'effarer pour un monte-charge à ordures ménagères et pour le chauffage des W.-C.

— Vous avez vu mieux que cela, Cap ?

— Enfant !

— Dans les Nouvelles-Galles du Sud, sans doute ?

— Pas si loin, dans la région Nord du Canada, à Winnipeg ; j'ai vu la maison idéalement construite pour ce climat, glacial l'hiver, torride l'été.

— Calorifères ? Ventilateurs ?

— Mieux que cela ! Je vous parle d'un immeuble qui, durant la rude saison, se trouve toujours du côté du soleil...

— Ah ! mon vieux Cap !... On ne me la fait plus, celle-là, je la connais !

— Qu'est-ce que vous connaissez ?

— Il y a à San-Remo un hôtel qui, entre autres alléchances, met sur son prospectus cette curieuse indication : « *Grâce à une ingénieuse combinaison, toutes les chambres de l'hôtel sont exposées au Midi* (2). » Or, l'ingénieuse combinaison, la voici : L'hôtel, fort mince, ne comporte qu'une épaisseur de chambres, lesquelles, naturellement ont toutes la même orientation, celle du Midi. Si c'est ça que vous appelez la maison idéale.

— Quand vous aurez fini de parler, je causerai.

— Allez.

Semblable à votre hôtel de San-Remo, ma maison de Winnipeg est assez étroite, puisqu'elle ne comporte que l'épaisseur de deux

(1) Comme c'est loin, tout ça.
(2) *Historique.*

pièces ; mais ce qui fait sa singularité, c'est qu'elle est posée sur un immense chariot qui tourne sur des rails circulaires.

— Je commence à comprendre.

— Ma maison est une maison tournante. Sur le devant, sont placées chambres de maîtres, salles à manger, salons, etc. ; sur le derrière, cuisines, chambres de domestiques, niches à belles-mères, etc. Pendant l'hiver, saison où le moindre rayon de soleil est ardemment béni, ma maison, dès le matin exposée au ponent, tourne jusqu'au soir, où elle se trouve virée vers le plein couchant, pour recommencer le lendemain.

— Très ingénieux.

— Pendant l'été, l'été torride de ces parages, on opère le manège contraire et l'on peut ainsi fuir l'horreur des calcinants midis.

— Admirable !

— Nous voilà loin, n'est-ce pas, mon cher, de la maison moderne de Marcel Prévost, aux tuyaux émaillés qui empêchent les microbes de remonter dans l'appartement !

. . . .

— Un petit *coffee punch* (1), Captain ?

— Volontiers ! fit Cap.

CHAPITRE XX

Une création du Captain Cap : le Grandiose Billard Club !

Comme la pluie n'avait pas l'air décidée à ne plus choir, je fis au Captain Cap la proposition de jouer au billard, histoire, ajoutai-je, de tuer le temps.

— Hélas ! répliqua Cap, ce n'est pas nous qui tuons le temps, mais bien le temps qui nous tue !

— Alors, seulement, pour le faire passer.

— Hélas ! insista Cap, ce n'est pas nous

(1) Dans un verre rempli de glace pilée, versez une demi-cuillerée à café de noyau ; demi de curaçao, deux cuillerées à café de sucre en poudre, un verre à liqueur de cognac, un de rhum et un de kirsch. Finissez avec de bon café noir, agitez, passez, buvez avec chalumeau,

qui faisons passer le temps, mais bien le temps, qui nous fait passer !

On aurait pu aller loin avec ce système-là ; aussi, crus-je devoir n'insister point.

Et pourtant, j'insistai tout de même.

— Volontiers, obtempéra le hardi navigateur, mais où ?

— Ici même, Cap, au premier.

(Car je dois prévenir le lecteur, s'il en est temps encore, que cette scène se passait dans le petit café blanc de la rue Bleue, bien préférable, selon moi, au petit café bleu de la rue Blanche.)

Cap haussa les épaules :

— Un billard au premier ! Vous badinez, mon cher !

— Je...

— Un billard qui peut se loger dans un immeuble, si vaste soit cet immeuble, n'est qu'un joujou dérisoire, bon seulement pour garçonnets et fillettes.

— Ah !

— La dernière fois que j'ai joué au billard, tel que vous me voyez, mon cher Alphonse, c'était dans les Nouvelles-Galles du Sud.

— Ah !

— Et sur un tapis dont le petit côté ne mesurait pas moins d'un mille marin et demi (2 kil. 787 m.).

— Peste ! mon cher !

Et ma stupeur, l'avouerai-je, se coupa d'un doigt d'incrédulité.

— Parfaitement ! fit Cap de sa voix la plus tranquille.

Et quand ce diable d'homme m'eut conté son affaire, je reconnus — nom d'un chien ! que la monstruosité de son dire n'était qu'apparente.

... En 1888 (1), Cap, chargé par l'Institut libre de Bougival d'une exploration géologique dans les Nouvelles-Galles du Sud, s'aventura au creux d'une large vallée en laquelle la main de l'homme n'avait encore jamais fichu les pieds.

Aucune végétation ne s'épanouissait en ces lieux, pour cette excellente raison que

(1) Comme c'est loin, tout ça !

la terre végétale y était remplacée par un formidable gisement de malachite.

Contrairement au vieux dicton, qui prétend que la malachite (1) ne profite jamais, Cap tira un parti étonnant de cette richesse minéralogique.

En un rien de temps, il avait fait niveler horizontalement le bloc de la malachite, et fondé à Pifpaftown (la plus proche cité du gisement) le *Grandiose Billard Club*.

Rien que pour le capitonnage des bandes de cet important billard, on eut recours à un peu plus de six mille quintaux de caoutchouc. Les billes — ingénieuse innovation — c'étaient d'énormes fromages sphériques dits de Hollande, et composés d'une pâte qu'un traitement assez simple (au pyrolignite d'alumine) transforme en ivoire de tout premier cartel. Il ne fallait pas songer, bien entendu, avec une installation aussi démesurée, à se servir de queues, comme vous et moi. Des canons montés sur des affuts roulant, sur de rapides *cable-cars*, du dernier modèle, circulaient autour de l'exorbitant billard, et projetaient les énormes boules sur la surface de la malachite.

L'habileté du joueur consistait alors autant à bien viser qu'à doser convenablement la charge de poudre dans la gargousse.

Cap m'affirma qu'en peu de temps ce sport devenait passionnant.

Et je n'eus plus de peine à comprendre le mépris qu'il éprouvait pour nos pauvres petits ridicules billards européens.

CHAPITRE XXI

Où le Captain Cap nous donne d'intéressants tuyaux sur le ferrage des chevaux dans les pampas d'Australie.

— Et vous, Cap, qu'est-ce que vous pensez de tout ça ?

— Tout ça... quoi ?

— Tout ça, tout ça...

— Ah ! oui, tout ça ! Eh bien, je ne pense qu'une chose, une seule !

(1) Surtout prononcez bien *malahite*, sans quoi ma plaisanterie perdrait toute saveur.

— Laquelle ?

— Oh ! rien.

Le dialogue dura longtemps sur ce ton. Moi, je me sentais un peu déprimé, cependant que le d'habitude si vivant Captain Cap était totalement aboli.

Cap bâilla, s'étira comme un grand chat fatigué, et je devinai tout de suite ce qu'il allait me proposer : l'inévitable *cosmopolitan claret punch* (1) en quelque saxon du voisinage. Je répondis par ces deux monosyllabes froidement émises :

— Non, Cap !

Cap aurait reçu sur la tête toute le mont Valérien lancé d'une main sûre, qu'il ne se serait pas plus formellement écroulé.

— Comment, bégaya-t-il, avez-vous dit ?

— J'ai dit : *Non, Cap.*

— Alors je ne comprends plus.

— C'est pourtant bien simple, Cap. Désormais la débauche, sous quelque forme qu'elle se présente, me cause une indicible horreur. J'ai trouvé mon chemin de Damas. Plus d'excès ! A nous, la norme ! Vivons à même la nature ! Or, la nature ne comporte ni breuvages fermentés, ni spiritueux. Si on n'avait pas inventé l'alcool, mon bien cher Captain, on n'aurait pas été contraint d'imaginer la douche.

Ce pauvre Cap m'affligeait positivement. Ces propos le déconcertaient tant, émis par son vieux compagnon d'orgie.

De désespoir, il crut à une plaisanterie.

— Non, Cap, vraiment ! insistai-je d'un pied ferme.

Pauvre Cap !

Je perçus qu'il éprouva la sensation, l'horrible sensation *froide et noire* que lui échappait un camarade.

Rassurez-vous, Cap ! Si vous évade le compagnon, l'ami vous demeure et pour jamais, car, *moi*, j'ai su voir derrière la soi-disant inextricable barrière de votre extérieur le cœur d'or pur qui frissonne en vous.

(1) Dans un grand verre plein de glace pilée, versez une cuillerée de sirop de framboises, une de marasquin, une de curaçao. Ajoutez un verre à liqueur de fine champagne, finissez avec vieux bordeaux. Une tranche d'orange, fruits selon la saison, chalumeau.

Timidement, Cap reprit :

— Vous n'avez rien à faire cet après-midi ?

— Rien, jusqu'à six heures.

— Qu'est-ce que vous diriez qu'on allât faire un tour jusqu'au tourne-bride de la Celle-Saint-Cloud ?

— Pourquoi non ?

Cap et moi, nous avons tout un passé dans ce tourne-bride.

Que de fois le petit vin tout clair et tout léger qu'on y dégustait trancha drôlement et gaiement sur les redoutables *American drinks* de la veille (1) !

Il régnait tout le froid sec désirable pour une excursion dans les environs ouest de Paris.

Notre petit *moto-car* de chez Comiot roulait crânement sur la route.

A peine franchies les fortifications, au cours de je ne sais quelle causerie, le Captain Cap crut devoir comparer son gosier à une râpe, mais à une véritable râpe.

J'eus pitié.

Le caboulot où nous stoppâmes s'avoisinait d'une ferrante maréchalerie.

Des odeurs de corne brûlée nous venaient aux narines, et nos tympans s'affligeaient des trop proches et vacarmeuses enclumes.

Il y avait trop longtemps que Cap n'avait piétiné l'Europe. Je le laissai dire :

— Il faut vraiment venir dans ce sale pays pour voir ferrer les chevaux aussi ridiculement.

— Vous connaissez d'autres moyens, vous, Cap ?

— D'autres moyens ?... Mille autres, moyens plus expéditifs, plus pratiques et plus élégants.

— Entre autres ?

— Entre autres, celui-ci, couramment employé dans les prairies du centre d'Australie, quand il s'agit de ferrer des chevaux sauvages, des chevaux tellement sauvages qu'il est impossible de les approcher.

— Vous avez vu ferrer des chevaux à distance ?

— Mais, mon pauvre ami, c'est un jeu d'enfants, pour ces gens-là !

(1) Comme c'est loin tout ça !

— Je ne suis pas curieux, mais...

— Rien de moins compliqué pourtant. Les maréchaux-ferrants de ce pays se servent d'un petit canon à tir rapide (assez semblable au canon Canet dont on devrait bien armer plus vite notre flotte, entre parenthèses). Au lieu d'un obus, ces armes sont chargées de fers à cheval garnis de leurs clous. Avec un peu d'entraînement, quelque application, un coup d'œil sûr, c'est simple comme bonjour. Vous attendez que le cheval galope dans votre axe et vous montre les talons, si j'ose m'exprimer ainsi... A ce moment, pan, pan, pan, pan ! vous tirez vos quatre coups, si j'ose encore m'exprimer ainsi, et vos fers vont s'appliquer aux sabots du coursier. Voilà votre *mustang* ferré ! Alors, il est tellement épaté, ce pauvre animal, qu'il se laisse approcher aussi facilement que le ferait un gigot de mouton aux haricots.

— Merveilleux !...

— N'est-ce pas ? Seulement, dam ! il faut de l'adresse.

A ce moment, la bonne de l'aubergiste rentrait avec, dans un pot, du bon lait crémeux fraîchement trait.

— Tiens, fit Cap, si on frabriquait un *ice-cream-soda*.

Et au grand ahurissement de ces banlieusards, Cap nous confectionna un des plus délicieux *ice-cream-soda* (1) que j'aie goûtés de ma vie.

CHAPITRE XXII

Dans lequel le Captain Cap se paye — et dans les grandes largeurs, encore — la tête de l'estimable M. Alphonse Allais.

Je ne pardonnerai pas de longtemps à ce froid fumiste de Cap l'atroce — oui atroce !

(1) Cap procéda de la sorte : dans un récipient rempli de glace écrasée par lui-même, il versa deux verres à liqueur de crème de vanille et un de kirsche Il compléta avec moitié lait et moitié eau de seltz. On peut varier selon les goûts et remplacer la crème de vanille par de la crème de cacao ou telle autre liqueur qui vous plaira. On peut également substituer le rhum au kirsch.

— plaisanterie qu'il vient d'exercer à mon détriment.

Quand il s'en mêle, Cap ne vole pas son nom de Captain et les bateaux qu'il monte sont de vrais bateaux.

Il y a quelques semaines, un monsieur rencontré au cours de je ne sais quelle débauche et avec lequel nous avions contracté, sur l'heure, les liens d'une inoxydable amitié, nous avait bien recommandé :

— Surtout, si vous allez en Touraine, ne vous avisez pas de quitter le pays sans passer quelques jours chez moi, à B... Je vous mettrai en rapport avec un de ces petits Vouvray !... un de ces petits Bourgueil !... un de ces petits Chinon !... un de ces petits Saint-Avertin !...

Quatre significatifs claquements de langue ponctuaient ces alléchances.

— Ça vous changera, ajoutait-il, de vos infernaux *whisky cocktails* (1).

J'avais depuis longtemps oublié l'aimable invitation de M. Laidgency (car tel est son nom) quand Cap, un beau matin, me proposa :

— Tu ne sais pas ? On devrait bien aller goûter aux crus de notre ami de l'autre jour.

— C'est une idée !... Garçon, l'indicateur !

. . . .

Ce fut seulement à la gare de B... que nous constatâmes l'absence sur notre carnet de l'adresse exacte de Laidgency.

— Bah ! fit Cap, le premier cocher d'omnibus venu nous renseignera. Un tel homme doit être populaire dans son endroit.

En effet, le premier cocher d'omnibus venu renseigna Cap et le renseigna au moyen de sept ou huit mots à peine, mais qui suffirent à éclairer la religion de Cap.

J'insiste :

(1) Dans votre verre à mélange mettez quelques petits morceaux de glace, quelques gouttes d'angustura, une petite quantité de curaçao et de liqueur de noyaux, complétez avec du scotch whisky. Agitez, passez et versez. Lorsque le cocktail est servi, coupez délicatement et en fines lames un zeste de citron que vous cassez légèrement en deux afin d'en faire jaillir le jus et que vous plongez ensuite dans le verre.

Je n'avais pas entendu la réponse du cocher, mais, étant donné le laps infinitésimal de la durée du colloque, je pouvais sans crainte d'exagération, évaluer cette réponse à sept ou huit mots au plus, mettons dix, pour être munificent.

Cap me dit :

— Je sais où c'est. Viens.

. . . .

La petite ville de B... (comme beaucoup de petites villes sur la ligne d'Orléans), possède une gare située dans un faubourg assez lointain de la vraie agglomération citadine, dont elle est séparée par une longue avenue de tilleuls (1).

Contemporaine, au bas mot, de François Ier cette historique cité présente à l'œil ravi du voyageur un lacis inextricable de petites rues pittoresques, je n'en disconviens pas, mais au plus haut point labyrintheuses.

La merveille était que ce damné Captain se dirigeât, par ce dédale, avec l'aisance et la désinvolture qu'il aurait mises à se balader dans Chicago, Québec, ou toute autre de ses villes natales.

De deux choses l'une, pensais-je, ou Cap est déjà venu à B..., mais je suis sûr du contraire, ou il marche à l'aveuglette au risque de nous égarer.

De temps en temps, avec l'air d'un augure consultant les oiseaux du ciel, Cap levait au firmament un regard inspiré, puis :

— Prenons à gauche, indiquait-il autoritaire.

— Es-tu bien sûr ?... je commence à être fatigué, tu sais.

Et mon ami de hausser les épaules.

Puis bientôt :

— Tu vois cette grande maison en briques ? étendit-il une main triomphale. Eh bien, c'est là.

C'était là !

. . . .

Comment diable avait-il pu se faire que, grâce au si court, au si furtif renseignement

(1) En certaines autres cités, les tilleuls sont remplacés par des platanes. Chaque peuple a ses usages.

du cocher (dix mots, je l'ai su depuis) il ait su se diriger, avec une telle précision, dans nne ville infiniment compliquée où il n'avait jamais fichu les pieds, vers un logis qu'il me désignait à l'avance bien que ne l'ayant jamais considéré jusqu'à ce jour ?

. . . .

Laidgency nous reçut royalement, mais je ne pus, de la nuit, clore l'œil, tant j'étais agacé par l'irritante énigme sur laquelle Cap se contentait de dire :

— J'ai le sens de l'orientation poussé au dernier point. Rien de plus.

Accrue peut-être par l'excessive consommation que nous avions faite au dîner des principaux crus tourangeaux, ma surexcitation ne connaissait plus de bornes.

Dix fois, vingt fois, pendant le repas, j'avais supplié Cap :

— Tu vois dans quel énervement ridicule, je le confesse, mais réel, tu me jettes avec ton refus d'explication. Ce que tu fais là n'est pas d'un ami.

— Mais, répétait Cap froidement, puisque je te le dis! Il n'y a dans ce petit événement rien que de fort naturel. Je suis doué au plus haut point du sens de l'orientation !

Impossible d'en tirer un mot de plus !

Notre gracieux hôte, M. Laidgency, ne réussit pas mieux dans sa tentative de projeter un rayon de lumière sur ce curieux mystère.

Vers minuit, lorsque nous nous quittâmes pour regagner chacun notre chambre, l'idée me vint, craignant pour le lendemain de supposer, en ma détresse, quelque hallucination provoquée par trop de Vouvray, l'idée me vint, dis-je, avant de me coucher, de rédiger comme un petit procès-verbal de l'aventure qui me préoccupait si fort; et j'écrivis :

« Aujourd'hui, invités à passer quelques jours chez M. Laidgency, nous sommes arrivés, mon ami Cap et moi, à B..., petite ville où jamais (j'en suis sûr) ni Cap ni moi n'avons mis les pieds.

« Ignorant l'adresse de notre hôte, Cap s'en informa auprès d'un cocher d'omnibus qui stationnait dans la cour de la gare.

« Ce dernier fournit à Cap le renseignement demandé, mais d'une façon si sommaire que l'ensemble du colloque ne dépassa pas une durée de dix secondes.

« Malgré cette indication si forcément rudimentaire, malgré le lointain du domicile visé et la complication à peu près inextricable des petites rues et ruelles de la ville de B..., Cap me conduisit tout droit, sans l'ombre d'une erreur ou d'une hésitation, chez M. Laidgency.

« Mieux encore, en débouchant dans la rue qu'habite ce monsieur, Cap me désigna un immeuble distant de nous d'environ cinquante mètres, en me disant : « Tu vois cette grande maison en briques, c'est là que demeure notre ami. »

« Cap ne se trompait pas.

« Diaboliquement ravi de me voir si intrigué, Cap se refuse à la moindre explication.

« Si demain je n'ai pas le mot de l'énigme, je suis parfaitement disposé à tuer Cap et à périr ensuite, au besoin, sur l'échafaud. »

. . . .

Le lendemain matin, toujours lanciné par mon insupportable hantise, je me lève avant tout le monde et je file vers la gare.

J'ai mon idée.

Précisément un omnibus arrive, conduit par le cocher consulté hier.

— Pourriez-vous, mon brave, me donner l'adresse de M. Laidgency?

— M. Laidgency ? La grande maison en briques vis-à-vis la poste...

— Pas un mot de plus, mon brave, merci! Voici vingt sous pour vous.

Je respire longuement.

Je suis soulagé.

Le mot de l'énigme vient de me fulgurer!

Fallait-il que je sois bête, tout de même, pour me mettre en tels états, alors que si simple la clef du mystère!

Les regards que la veille, au cours de notre marche, j'avais vu Cap lever au ciel, tel l'augure consultant le vol des oiseaux, ces regards ne consultaient que la direction des fils télégraphiques partant de la voie ferrée pour se diriger vers le bureau de poste de B...,

Ça n'était pas plus malin que ça !

Mais du jour où l'on adoptera administrativement la télégraphie sans fil, il faudra que mon « practical joker » Cap trouve autre chose.

CHAPITRE XXIII

Dans lequel M. Mougeot afflige par l'étendue de son cynisme mercantile l'âme délicate du Captain Cap.

Une vieille coutume administrative veut que, chaque année, M. le directeur général des postes françaises applique tous ses soins et tout son goût à la confection d'un splendide calendrier de luxe duquel il n'est tiré qu'un nombre restreint d'exemplaires et qu'il se dérange en personne, ce haut fonctionnaire, pour en faire hommage à M. le chef de l'État, à MM. les ministres, à MM. les présidents des Chambres et, enfin, à quelques-unes des Personnalités les plus notoires dont s'honore à bon droit notre pays.

C'est ainsi qu'un beau matin de fin décembre le Captain Cap recevait la visite de M. Mougeot (1).

On a beau, mes chers amis, être pénétré de sa valeur, une telle démarche ne laisse pas que de vous toucher profondément, surtout quand on n'a rien fait pour la provoquer et Cap ne savait comment remercier notre actif sous-secrétaire d'État de sa mille fois trop flatteuse, disait-il, gracieuseté.

Mais lui de protester et de se répandre en louanges à son égard, en compliments, en exultations qui finirent par, de cette humble violette qu'est le Captain, faire le plus confus des coquelicots.

(Muer la violette en coquelicot ! Curieux

(1) Le lecteur est assez intelligent pour comprendre de lui-même qu'à cette époque M. Mougeot était à la tête de l'administration bien connue des postes et télégraphes.

cas de transformisme ! Qu'en penses-tu, vieille ombre de Darwin ?)

Quand ils eurent épuisé la gamme, M. Mougeot des éloges, Cap des remerciements, ce dernier songea vite à jeter un coup d'œil sur le merveilleux objet qui lui était présenté.

J'ai dit « merveilleux », je ne retire pas le mot, car jamais notre industrie nationale, jamais le goût de nos ouvriers d'art n'ont rien produit d'aussi délicieux.

En examinant de plus près son calendrier, soudain, Cap ne put réprimer une exclamation de surprise !

Il venait de faire une bizarre constatation : les noms des saints de chaque jour étaient supprimés et remplacés...

Je vous le donne en mille !

Remplacés par le nom d'une foule de ces produits commerciaux, industriels, hygiéniques ou autres dont vous voyez vanter les mérites dans les journaux, par les affiches des murs, en un mot, partout où l'œil humain peut projeter son regard.

Par exemple, au lieu de cette vieille mention à laquelle nous sommes habitués depuis la tendresse de l'âge : « Janvier 4, vendredi, saint Rigobert », nous apercevons, non sans stupeur : « Janvier 4, vendredi, Chocolat Menier. »

Le mardi 16 avril, ce pauvre saint Fructueux se voit désinvoltement remplacé par « Crème Simon » !

Et ainsi de suite, jusqu'au 31 décembre, où saint Sylvestre est détrôné par... *Montre du Vingtième siècle*.

. . . .

M. Mougeot souriait.

— Oui, mon ami, tels seront désormais nos nouveaux almanachs, dont celui que vous tenez dans les mains n'est qu'un fastueux échantillon.

— Étrange !

— On s'y fera. Le public, en France, cher monsieur, se fait à tout et cette innovation le froissera moins encore quand il saura qu'elle rapporte à notre pauvre budget pas mal de rondelets millions.

— Oui, mais la tradition... Ne craignez-vous pas?...

— Les gens comme moi, mon ami, appuyés d'une main sur l'épaule du progrès et de l'autre écrasant à coups de talon l'hydre de la routine, ne craignent rien.

— Tous mes compliments!

— Aussitôt le budget bouclé, je dépose un projet de loi accordant à l'État le monopole de la confection et de la vente des calendriers. Le gouvernement vend déjà des timbres-poste, du tabac, des allumettes, etc., rien d'extravagant à ce qu'il devienne marchand d'almanachs.

— En effet.

— Le reste, vous le devinez... Ah! dame, la galette avant tout!

En me racontant cette histoire, Cap concluait en soupirant:

— Comme la France a changé depuis les croisades!

Et comme le froid venait encore aggraver notre sujet de tristesse, nous nous jetâmes immédiatement sur un *gin cling* des plus réconfortants (1).

CHAPITRE XXIV

Où l'on voit, tel saint Michel terrassant le démon, notre ami Cap avoir raison des plus basses températures.

Le phénomène généralement désigné sous le nom de « froid » provient, neuf fois sur dix, de la température.

Supprimez la cause, vous supprimez l'effet; d'un abaissement plus ou moins considérable élevez la température, vous serez tout étonné de voir disparaître le froid.

De là, sans doute, cette antique coutume, aussi vieille que le monde, de faire du feu pour se réchauffer.

Rien n'est plus simple que de faire du feu, mais rien, hélas! n'est aussi coûteux.

(1) Pour obtenir un *gin cling*, faites chauffer moitié gin, moitié eau, ajoutez sucre en poudre et jus de citron, versez et buvez avant que cela ne refroidisse.

Et plus l'humanité vieillira, vous m'entendez bien, plus les combustibles verront leurs prix atteindre les plus hauts sommets des vertigineux tarifs. Ah! pour les gens frileux, l'avenir s'annonce sous une bien sombre couleur. (Si encore c'était le rouge sombre!)

Est-ce à dire que la situation soit désespérée?

Non. Mais dès maintenant, mes chers amis, il s'agit de ne plus faire les poires; il nous faut abandonner le vieux système barbare de chaufferie par combustion de bois, charbon, coke, etc., etc.

En un mot, sur cette branche comme sur toutes les autres où s'accrochent les mille problèmes de la vie, déterminons-nous, une bonne fois, à nous montrer scientifiques et à, loin des routines ancestrales, mais bien dans le radieux firmament de la véritable civilisation moderne, chercher le flambeau qui nous guide, je ne dis pas au bonheur parfait, puisque le bonheur parfait ne saurait être de ce monde, assure Machin, mais tout modestement, et ce sera encore bien joli, n'est-ce pas? au confortable. Ouf!

Mais assez de préambule. Arrivons au fait!

C'était de nuit; nous nous trouvions, le Captain Cap et moi, seuls dans un wagon de la ligne de l'Ouest, quand un brave employé changea nos bouillottes.

Malheureusement, soit économie de l'administration, soit personnelle erreur, il changea nos deux bouillottes borgnes contre deux autres aveugles, c'est-à-dire, et je crois en être certain, qu'il nous infligea deux de ces ustensiles provenant d'un wagon voisin, cependant que le wagon voisin bénéficiait des nôtres. (Ce n'est pas autrement qu'on fait les bonnes maisons.)

Moi, je me contentai de hausser les épaules (lié que je suis par les bienfaits de la Compagnie de l'Ouest); mais mon compagnon entra dans une colère abominable et accabla tout le personnel de la gare d'une suite opaque d'injures diverses.

Puis, s'adressant à moi:

— Et dire, s'écria-t-il, qu'il en sera toujours ainsi tant qu'on n'adoptera pas mon système !

— Votre système, Cap ?

Aimez-vous les gens à système ? Quoi de plus agréable dans les longs parcours !

Comme dans presque toutes les inventions, géniales, le hasard fut de beaucoup dans la découverte qui va nous occuper.

Le hasard, peut-être pas, mais les circonstances, pour dire plus juste.

Cap (1) donc accomplissait son service militaire dans je ne sais plus quelle garnison montagneuse, très réputée pour son extrême frigidité.

Une nuit qu'il était de faction près de la poudrière et qu'il avait oublié ses gants, une terreur folle le prit : ses deux mains, ses deux pauvres mains, subitement, s'engourdissaient à vue d'œil, si j'ose m'exprimer ainsi, et, nul doute ! ces appendices, si utiles à l'homme, allaient, radicalement geler.

Horrible situation !

Avoir les mains gelées !

Et le pauvre garçon, lâchant vite son flingot, se mit à souffler dans ses doigts, frappa ses mains l'une contre l'autre, les enfouit dans ses poches et dans les replis intimes de son vêtement.

Rien n'y faisait : ses mains, il en avait la perception effroyablement nette, prenaient à grands pas le chemin du gel définitif.

C'est alors qu'il l'eut l'éclair de génie !

Se saisissant de son fusil, il n'hésita pas à faire feu dans le noir et à tirer, coup sur coup, une demi-douzaine de cartouches.

Après quoi, approchant ses mains endolories du canon brûlant de son lebel, il sentit la circulation se rétablir : il était sauvé !

C'est ce procédé que Cap qualifie *son système* et qu'il cherche, en vain, à faire adopter par les compagnies de chemin de fer et autres. Mais la routine, la damnée routine !

---

(1) Avant de se vouer à la marine, Cap tint à faire quelques années de service dans l'armée de terre, afin de se rendre compte, assure-t-il, des abus qu'on y voit fourmiller.

CHAPITRE XXV

Où il est question, c'est le cas de le dire, d'un tas de cochonneries.

Excellent réveillon passé avec quelques hétaïres de grande beauté, cinq ou six députés prévaricateurs, le tout sous la chatoyante présence du captain Cap.

Avec ce diable d'homme, on ne manque pas une occasion de s'instruire en s'amusant. Laissons-lui donc la parole :

La coutume de manger du boudin pendant la nuit de Noël remonte à la plus profonde antiquité.

Ne lisons-nous pas dans les « Commentaires de César » : « *Secundum antiquam habitudinem, Lexoviani celebrant naissanciæ Christi anniversarium empiffrandos e ipsos cum boldini (1) fantasticis quantitatibus.* »

Si nous abandonnons le terrain historique pour nous livrer aux investigations plus précises de la statistique, nous ornons notre esprit des chiffres suivants :

Une moyenne de cent Français (car il faut, bien entendu, ne point compter parmi ces dégustateurs les enfants en bas âge, plusieurs moribonds, les dames en couches et certaines personnalités, tel que M. Paul Deschanel, beaucoup trop bien élevées pour admettre un seul instant l'absorption d'un aussi grossier mets), une moyenne de cent Français, reprends-je, consomme un mètre de boudin (2).

Un mètre de boudin pour cent habitants, cela nous représente, si je sais compter (et je sais compter, je vous prie de le croire), trente et quelques kilomètres pour la France entière.

Veuillez avoir l'obligeance, mesdames et messieurs, d'inscrire ce chiffre sur un bout de papier : nous serons bien aise de le retrouver tout à l'heure.

... Et maintenant, quittant la statistique, nous allons, si vous le voulez bien, faire un

---

(1) Rien du peintre bien connu, mais ce n'est pas de ma faute, à moi, si boudin se disait en latin « boldinum ».

(2) Contrairement aux habitudes du captain Cap sa statistique d'aujourd'hui est fort au-dessous de la vérité.

bond sur le tapis de ce que j'appellerai, faute de mieux, la biologie.

Dans son dernier numéro, l'excellent « Journal de Médecine et de Chirurgie », fort habilement dirigé par M. le docteur Lucas-Championnière, résumait, d'après une publication allemande non désignée, un travail des moins ragoûtants dû aux veilles d'un certain docteur Schelling.

N'ayant probablement rien à faire entre ses repas, ce savant parvint — non sans peine, affirme-t-il, — à se procurer des boyaux frais, tels que les utilisent les charcutiers pour préparer des saucisses, des andouilles, des boudins et autres denrées, « ejusdem cochonneriæ ».

Il les examina, ces boyaux, à l'aide de puissants microscopes ; il en scruta les replis les plus secrets, il les gratta, il en analysa les râclures et, finalement, découvrit...

(Les personnes d'estomac tant soit peu sensible, et qui s'adonneraient à l'usage des produits ci-dessus désignés, sont priées instamment de ne point poursuivre cette lecture.)

Il découvrit, cet excellent docteur Schelling, que les boyaux servant à mouler les succulentes saucisses ou les andouillettes appétissantes recèlent une quantité d'excréments qu'on peut évaluer à deux grammes ou deux grammes et demi par mètre d'intestin grêle et cinq grammes par mètre de gros intestin.

Prière de noter que les boyaux soumis aux investigations du docteur Schelling provenaient d'une charcuterie renommée dans le pays pour sa propreté méticuleuse.

« Un ouvrier allemand, ajoute tristement M. Schelling, qui consomme de dix à quinze centimètres de saucisse par jour, moyenne ordinaire, absorbe donc quatre ou cinq grammes d'excréments par semaine, soit une demi-livre par an. »

Connaissez-vous, dans le théâtre ancien, une vieille pièce, très amusante, intitulée « le Marchand de m...? »

Titre légitimement offuscateur, qui pourra désormais se changer en cet autre, plus hy-procite, mais disant la même chose : « le Charcutier ».

...Revenons à notre boudin, à nos trente kilomètres de boudin, et concluons que, dans cette nuit de Noël, où nous nous trouvons réunis, cent cinquante kilos de la... marchandise en question seront absorbés sur le territoire de la République française.

Déplorable constatation, car, enfin, ce n'est pas une raison, parce que le Christ est né dans une étable, pour que, cette nuit-là, nous nous gorgions de bouse de vache.

CHAPITRE XXVI

Où l'on verra les nuages à grêle n'en mener pas large devant le système du Captain Cap. — La théorie du Captain sur la formation de la houille.

La grêle, — Emile Gautier vous le dira comme moi, — la grêle est une sorte de conglomérat formé d'eau gelée.

Précipité d'une notable hauteur, abusant lâchement de la loi de la chute des corps, chaque grêlon constitue à lui seul une sorte de petit Attila, des seuls vitriers béni, mettant à sac les promesses de moissons et de vendanges et même — car le bougre devant rien ne recule — les moissons et vendanges en personne.

« *Grela campagnardibus detestata !* »

L'humanité demeura longtemps désarmée devant cette agression stupide.

Puis vinrent les compagnies d'assurances contre la grêle.

Mais ça, c'était tourner la difficulté, et, j'irai plus loin, la mal tourner.

Exiger cent sous, n'est-il pas vrai, des gens quand la récolte est bonne, pour leur remettre cinquante centimes le jour où elle est fâcheuse, si vous appelez cela du progrès, vous n'êtes par dur !

Non, vous n'êtes pas dur !

Vous êtes si peu dur que mieux vaut jete un voile sur de tels agissements, pour entre résolument dans la voie de l'artillerie, quitte à en sortir au plus tôt.

Emile Gautier, que je citais plus haut, s'étendait, voici quelques jours, sur le pour ou contre du système d'explosifs à déchaîner contre la grêle.

Finalement, et, d'ailleurs, en conformité avec les résultats depuis longtemps recordés, Gautier concluait pour le canon efficace.

Dès lors aussitôt que nous voyons quelque nue prendre l'attitude louche d'une qui va se geler, tirons-lui z'à la mitraille, et la pluie remplacera par avance le grêlon dévastateur.

La théorie tient donc dans cès trois mots (Edgard) : « Perturbons les nuages en leur tirant dessus des coups de canon.

Le seul défaut de ce séduisant système, c'est l'exigence qu'il implique de pièces, de poudre, d'artilleurs spéciaux, tout le tonnerre de Dieu, en un mot, ou plutôt de l'Homme !

Que de dépenses pour le budget d'humbles bourgades, et que de soucis !

. . . .

Sollicité par maint syndicat agricole, vinicole et autre exploitation en « cole », d'avoir à simplifier la question et d'obtenir à moindre « aria » résultat supérieur, le Captain Cap sentit d'elles-mêmes se hausser ses épaules à l'aisance de la tâche.

Ne serait-il pas, il vous en fait juge, plus simple, tant qu'à perturber le nuage, de le perturber en son propre sein, grâce à de rustiques mongolfières en papier, chargées d'une simple livre de poudre de chasse qu'enflammerait une pâle mèche, analogue à celle dont se servent nos braves artificiers pour, à distance, allumer de prestigieuses pyrotechnies, le soir du 14 juillet, aux crix mille fois répétés de « Vive la République ! »

Très simple, en vérité, mais — ne nous fatiguons pas à le redire — fallait-il y songer !

Comme le faisait hier, et fort judicieusement, observer, la charmante comtesse Nimportka, le charbon devient hors de prix. Soyons des hommes et ne cherchons pas

à nous dissimuler l'atroce vérité : une crise industrielle se prépare.

La question du charbon, mesdames et messieurs... Mais, avant d'entrer dans le vif du problème, rectifions, d'après les beaux travaux du Captain Cap; les fausses idées que nos lecteurs pourraient concevoir sur la formation du charbon.

Finissons-en une bonne fois avec la sotte légende qui voudrait que les mines de charbon proviennent d'immenses forêts englouties et consumées au cœur du sol, voilà quelques milliers d'années, alors que la surface de notre globe consistait en un marécage universel.

Comment concevoir, en effet, le bien-fondé de cette hypothèse, que la terre étant, à cette époque antédiluvienne, si prodigieusement détrempée, des forêts entières aient pu s'enflammer et se comburer jusqu'au bout, sans que tous les autres êtres ou objets peuplant ce monde n'aient pas suivi ce brûlant exemple ?

Cette vieille théorie ne tient pas debout.

Celle du Capitaine Cap nous semble autrement idoine à séduire les natures éprises de vraisemblance et de sens commun, c'est-à-dire la masse profonde de nos clairvoyants lecteurs.

On sait que, si nous devons édifier certaines constructions, nous nous voyons forcés, par suite du mauvais état du terrain marécageux ou sablonneux, de nous livrer à cette opération désignée par les spécialistes sous le nom de « battage de pieux ».

Il nous apparaît comme hors de doute que tous les édifices remontant à cette époque furent construits sur pilotis.

(Ajoutons que, pour enfoncer ces innombrables pieux, les hommes primitifs, en leur ignorance de nos actuels engins mécaniques, nos joyeux anciens avaient dressé les castors à cet usage, et que l'aptitude, encore aujourd'hui constatable chez nos rares contemporains castors, à battre de chimériques pilotis, n'est qu'héréditaire acquisition.)

Pourquoi donc, dès lors, ne pas admettre que toute la houille que nous découvrons maintenant dans nos sous-sols, provienne de cette formidable et souterraine ligneuse réserve?

Pourquoi pas, en effet?

CHAPITRE XXVII

Difficulté de la poésie française pour certains étrangers.

— Cap, vous qui touchez à toutes les sciences, à tous les arts, avec une égale supériorité, comment se fait-il que je ne connaisse point de vos poèmes?

— Des vers, mon cher ami, j'en ai fait quand j'étais jeune, j'en ai fait à remplir des magasins à coton, et des halles à blé Quand je me décidai à les brûler, je me trouvais alors à Melbourne, l'atmosphère en fut obscurcie pendant plus de huit jours.

— Peste!

Et Cap éclata de rire.

— Connaissez-vous, ajouta-t-il, mon ami Tom Hatt?

— Nullement.

— Eh bien, écoutez cette petite histoire d'un poète étranger.

Il y a quelques semaines débarquait, porteur à mon adresse d'une lettre de recommandation, un jeune Américain du Kentucky nommé Tom Hatt, appellation qu'il justifie pleinement par le rouge éclatant de son pileux système.

Mais ce n'est pas grâce à l'écarlate de son poil que le jeune Tom Hatt attire l'examen du connaisseur, c'est plutôt par la folâtre façon qu'il emploie de prononcer votre belle langue française, façon si folâtre que l'oreille la plus exercée aux gutturs yankees ne saurait démêler en la conversation de Tom le moindre compréhensible fétu.

Beaucoup d'esprits superficiels, écoutant mon jeune ami, jureraient même qu'il profère quelque idiome pahouin.

Il faut dire aussi pour sa décharge que, dans le fin fond de son Kentucky, entièrement dénué du plus pâle compagnon français Tom Hatt réussit à force d'énergie — ah! la supériorité des Anglo-Saxons! — à apprendre le français, tout seul, dans

quelques livres trouvés chez le brocanteur.

En le simple de son âme, inloti de renseignements *ad hoc*, Tom Hatt trancha la question de la prononciation en ne l'abordant pas, et Tom Hatt prononça le français comme depuis sa naissance il prononçait la langue de Washington.

En sorte que, depuis son arrivée en Europe, il n'avait rencontré personne, sauf un individu avec lequel il pût s'entretenir, sans inconvénient, dans notre langue.

Aussi fallait-il les voir — et non pas les entendre, vous allez comprendre tout à l'heure pourquoi — tailler d'interminables bavettes, mon ami Tom Hatt et un certain Tony Truand, jeune sourd-muet marseillais dont notre Américain avait récemment fait la connaissance aux concerts Colonne!

Le silencieux Tony Truand — ironie des noms! — n'accordait à la question de prononciation nulle importance. De son côté, l'infirmité de Tony ayant aboli chez le pauvre Phocéen les inconvénients de l'accent marseillais, Tom et Tony n'éprouvaient aucune difficulté à se comprendre, et c'est à merveille que les deux braves garçons s'entendaient, bien entendu, par gestes.

Tony Truand arriva même à prendre sur Tom Hatt un énorme ascendant, et il l'engagea bientôt à composer des poèmes, ainsi qu'il le faisait lui-même depuis sa plus tendre enfance.

Seulement, dame, pour les rimes, Tony n'y allait pas de mains morte.

Non satisfait de les accoupler, ces rimes d'or, il les — si j'osai inaugurer ce terme — attriplait.

(Je ne veux pas dire que Tony inventa ce mode, — d'autres l'employaient depuis longtemps, — mais, lui, l'appliqua dans toute sa rigueur.)

Au bout de fort peu de temps, Tom Hatt m'apportait un petit poème qui débutait par ce curieux tercet:

> Dans les environs d'Aigues-
> Mortes, sont des ciguës
> Auxquelles tu te ligues.

Etc., etc.

— Mais, mon pauvre ami, ne pus-je m'empêcher de m'écrier, ça ne rime pas !

— Je le sais déjà, répondit Tom, Tony me l'a dit.

— Qu'en peut-il savoir, lui, sourd ?

— C'est avec ses yeux qu'il l'a vu, mon cher. Il m'a reproché l'absence de consonne d'appui avant l'*i*.

— Il a raison.

Je vais recommencer, voilà tout ! A demain !

Et, le lendemain, en effet, Tom Hatt soumettait à mon examen un second morceau, de haute envolée, de philosophie profonde, mais dont voici le début :

> Tout vrai poète tient
> A friser le quotient
> De ceux qui balbutient.

Etc., etc.

Devant tant de bonne volonté, je n'ai eu — qu'est-ce que vous voulez ! — qu'à m'incliner.

— Cette fois-ci, mon vieux, ça y est ! Tous mes compliments.

Et de plaisir, alors, la peau de Tom Hatt devint aussi rouge que ses cheveux.

CHAPITRE XXVIII

Odieuse violation d'un règlement formel.

Dans le courrier du Captain Cap, ce matin, se trouvait cette lettre qu'il me confie et dont la publication pourra sauver des milliers d'êtres humains, sans compter les animaux (car rien ne prohibe qu'il s'en trouve en telle occurrence) d'un des plus affreux trépas qu'il soit donné aux habitants de notre planète d'éprouver :

« Cher monsieur et illustre Captain,

« Je n'ai pas l'honneur de vous connaître, mais un de mes collègues de bureau vous désigne à moi comme un des rares personnages en vue actuellement vivants qui ne soient pas vendus à l'une quelconque de nos grandes administrations.

« Vous êtes donc tout indiqué, cher monsieur, pour signaler au public une des plus incroyables monstruosités officielles dont, et cela depuis plus de cinquante ans, il ait à pâtir.

« A pâtir, que dis-je ? A mourir !

« ... Lorsqu'en France, cher monsieur et illustre Captain, on instaura ce mode de transport en commun qui s'appelle le chemin de fer, nos législateurs, comme c'était leur devoir, ne manquèrent pas d'entourer la nouvelle institution d'une foule de précautions administratives assurant aux voyageurs toutes les garanties possibles contre les mille accidents qui peuvent résulter de ce genre de locomotion.

« Parmi ces règlements, quelques-uns furent appliqués dès le début, n'ont cessé et ne cesseront jamais de l'être.

« Ces règlements, est-il besoin de le souligner, sont ceux qui ne gênent point trop le personnel de la Compagnie et ne grèvent que d'une façon insignifiante le capital de MM. les actionnaires.

« Quant aux autres, ils sont demeurés lettre morte.

« Allez vous étonner, maintenant, de la quantité de catastrophes sur voie ferrée que la presse enregistre quotidiennement !

« Voulez-vous un exemple, un simple exemple qui en dira plus gros que les plus violentes diatribes ?

« Procurez-vous donc l'Ordonnance munie de ce titre :

« *Ordonnance portant règlement d'admi-*
« *nistration publique sur la police, la sûreté*
« *et l'exploitation des chemins de fer.* »

« Négligeons quelques détails pourtant fort intéressants sur lesquels il y aurait tant à dire et arrivons au *titre VIII, article 73.*

« Nous y lisons textuellement :

« Tout agent employé sur les chemins de
« fer sera revêtu d'un uniforme ou porteur
« d'un signe distinctif ; les cantonniers,
« gardes-barrières et surveillants pourront
« être armés d'un sabre. »

« Or, dites-le moi franchement, avez-vous jamais remarqué le moindre employé de chemin de fer, depuis l'humble cantonnier jusqu'au fastueux président du conseil d'administration, muni d'un sabre?

« Je prévois l'objection du docile contribuable disposé à trouver tout bien : quand ces agents seraient armés d'un sabre, est-ce avec cet engin qu'ils pourraient éviter déraillements, collisions, télescopages et autres balançoires ?

« Évidemment non ; mais la question se pose plus haut.

« Le législateur, en indiquant le port du sabre, et non pas de l'épée, pour certains agents des voies ferrées, entendait clairement que lesdits agents fussent montés.

« En effet, ne va-t-il pas de soi qu'un fonctionnaire monté est susceptible d'accomplir une besogne autrement sérieuse que s'il était à pied ?

« Or, dans un but d'immonde économie, de hideuse rapacité, de lucre nauséabond, les Compagnies n'ont jamais songé — jamais ! je suis à même de le prouver — à doter du plus pâle coursier le moindre de leurs aiguilleurs.

« Et pas un député, mon pauvre monsieur et illustre Captain, pas un sénateur pour rappeler le gouvernement à quelque pudeur ; car, si le gouvernement ferme les yeux sur des agissements aussi coupables, c'est qu'il touche en argent le prix de ses complaisances.

« (M. Papillaud possède la photographie du dernier reçu de M. Baudin.)

« Ah ! c'est du propre !

« Veuillez agréer, etc., etc. »

Cette intéressante communication est signée d'un fonctionnaire au ministère des travaux publics qui prie Cap de ne pas imprimer son nom, rapport à la petite allocation du jour de l'An, laquelle, redoute-t-il, ne gagnerait rien à cette publicité.

CHAPITRE XXIX

Où Parmentier se voit contester sa gloire.

Brusquement, Cap se tourne vers un jeune homme à l'air idiot qui près de lui dégustait un *soyer au champagne* (1).

— Lisez-vous le compte rendu de l'Académie des Sciences?

— Jamais.

— Prenez-vous parfois connaissance de certaines publications périodiques ?

— Jamais.

— Mais, dans les quotidiens, il vous arrive bien de lire la partie consacrée aux sciences; par exemple, les chroniques documentaires d'Emile Gautier ?

— Jamais.

— Je gage que vous ne détenez pas au meilleur coin de votre bibliothèque ce chef-d'œuvre de vulgarisation de notre ami Georges Claude : *Électricité à la portée de tout le monde.*

— Qu'en ferais-je ?

— Allons, je n'insiste pas... Vous êtes un type dans le genre de Brunetière, lequel, non content d'avoir fait déclarer la faillite de la Science, accuse encore la malheureuse de mille méfaits assez saugrenus, celui notamment de gêner les desseins de la Providence.

— Je n'accuse la Science de rien du tout, je me borne à l'ignorer.

— Combien, hélas! de personnes logées à la même enseigne que vous !

Et qu'il faut donc les plaindre !

Car, que d'inattendues sources de gaieté leur échappent.

Tenez, sans aller plus loin, faites-moi donc le plaisir de déguster le dernier compte rendu de notre Académie des Sciences.

Vous y constaterez, non sans une bien légitime stupeur, que la pomme de terre n'est pas ce qu'un vain peuple pense.

La pomme de terre serait, si j'ose m'expri-

(1) Dans un verre à gobbler rempli de glace pilée, versez une cuillerée de curaçao et une autre de marasquin, remplissez de Saint-Marceaux sec, remuez. Au moment de servir, ajoutez sans remuer, quelques gouttes de bonne crème de vanille.

mer ainsi, le fruit d'une maladie, d'une maladie quasi-honteuse même, puisque produite par un ignoble champignon que M. Noël Bernard, l'auteur de cette découverte n'hésite pas à pavoiser du nom de *fusarium*.

Semez de la pomme de terre dans un sol privé de *fusarium*, assure M. Noël Bernard, et vous ne verrez point se produire de tubercules, cependant que les pieds de votre végétal fleuriront et fructifieront au mieux du monde.

Ces pieds de pommes de terre sans pommes de terre représentent donc l'état normal de la plante.

... Je n'ai pas l'honneur de connaître M. Noël Bernard, mais je vois d'ici l'air de révoltante satisfaction avec lequel il avance sa scientifique peut-être, mais à coup sûr, monstrueuse assertion.

Pour un peu, il fonderait la ligue contre le *fusarium*.

Mais ce n'est rien encore.

La gloire si noble de Parmentier, si pure, ne devait point trouver grâce devant un être tel que ce Bernard.

Parmentier, au dire de notre naturaliste, n'a jamais introduit la pomme de terre en France.

Ce fut, paraît-il un nommé Clusius qui se chargea bien avant lui de ce soin.

Mais comme Clusius, agronome soigneux, prenait cure de ne semer ses pommes de terre qu'en terrains dénués de *fusarium*, n'apparaissait nul tubercule...

Parmentier, lui, n'y regarda pas de si près.

De là son incontestable notoriété.

Mais M. Noël Bernard veillait.

. . . .

Trop de zèle attristant Bernard (1)! Je comprends et j'approuve de toutes mes forces qu'on lutte contre la tuberculose, mais il y a tubercules et tubercules.

La pomme de terre, d'ailleurs, même en robe de chambre, est assez grande fille pour

(1) Je ne l'ai pas fait exprès, celui-là.

se défendre toute seule contre vos grotesques imputations.

Et n'est-ce point, parlant de la pomme frite, radieusement puissante en sa frêle apparence, que Victor Hugo émit jadis : « Dans tubercule, il y a Hercule ! »

————

CHAPITRE XXX

Le renard bleu à la portée des plus petites bourses.

— Encore un petit whisky-cocktail, Cap.

— Volontiers, mais sur le pouce, car je suis pressé.

— Où donc courez-vous?

— C'est aujourd'hui que se réunit sous ma présidence, le conseil d'administration de la *Société générale des Pelleteries de Paris*.

Et, sur mon ahurissement, Cap m'expliqua en peu de mots l'objet de la nouvelle compagnie. Un véritable placement de père de famille :

Tout le monde sait le haut prix qu'atteignent les peaux et les fourrures, pour peu que ces marchandises ne proviennent pas du simple lapin de nos contrées.

Le renard bleu, pour ne citer que cette bestiole, affecte des tarifs qui en interdisent l'usage aux femmes, par exemple, de nos modestes cantonniers.

A quoi attribuer cette décourageante cherté !

Tout simplement aux parages lointains autant que polaires où les intrépides chasseurs doivent aller traquer ces bêtes de luxe, aux mille difficultés et dépenses accompagnant cette opération, et enfin aux frais de douane relativement élevés que MM. les importateurs se voient contraints de verser au fisc, pour avoir le droit d'entrer sous le ciel de France leurs précieuses marchandises.

La « Société générale des Pelleteries de Paris » a pour but de remédier à cet état de choses en mettant à la portée des plus petites bourses certaines fourrures dont l'abord fut permis, jusqu'alors, seulement à nos sympathiques princes de la finance, à leurs dames et à leurs demoiselles.

Mais, vous récriez-vous, la « Société générale des Pelleteries de Paris » perdra des sommes folles en de tels trafics !

Non, vous répliqué-je froidement, la « Société générale des Pelleteries de Paris » réalisera des bénéfices énormes, car, après d'assez gros frais d'installations, ses frais journaliers seront des plus insignifiants.

La « Société générale des Pelleteries de Paris » se propose d'installer à Paris même — ou, pour parler plus exactement, sous Paris — de vastes installations au sein desquelles tous les riches animaux à fourrure, habitant d'habitude dans l'Amérique du Nord, le Canada, le Labrador, l'Alaska, etc., etc, vivront et se multiplieront, tels les lapins en leurs garennes.

Grâce, reconnaissons-le, à un fort pot-de-vin, versé aux mains de M. Paul Escudier et de plusieurs indélicats édiles *ejusdem farinæ*, la « Société générale des Pelleteries de Paris » s'est assuré l'entière possession, pour une période de quatre-vingt-dix-neuf ans, des catacombes de Paris.

Transformer ces catacombes en une immense glacière à température septentrionale et à éclairage polaire, peupler ces vastes sous-sols avec les susdits animaux, n'est-ce point jeu d'enfant ?

Vous avez compris à demi-mot, n'est-ce pas !

Et ne voyez-vous point là, vaillante petite épargne française, le placement de père de famille dont je vous parlais plus haut ?

Seulement, je le répète, ne point perdre une minute.

. . . .

P.-S. Comme bien je m'y attendais, le simple et résumé programme de cette magnifique affaire, la « Société générale des Pelleteries de Paris », a suscité dans le monde si intéressant de la petite épargne française une émotion bien légitime.

Cette idée, en effet, d'utiliser les catacombes en les transformant en vastes locaux frigides et simili-polaires où l'on pourra cultiver à foison les animaux riches en luxueuses fourrures, ne pouvait manquer de rencontrer un accueil sympathique, encourageant et flatteur. De mille départements à la fois, sans exagération, pleuvent les souscriptions, les demandes de renseignements, les conseils, les sollicitations à quelque emploi dans l'entreprise (si modeste soit-il, ajoute un pauvre bougre).

De ce volumineux courrier citons les deux lettres suivantes, curieuses l'une et l'autre, bien qu'à des titres différents :

« Cher et glorieux Captain,

« Comme vous, je crois la « Société générale des Pelleteries de Paris » appelée au plus brillant avenir : quand on obtient une peau de renard bleu, par exemple, à un prix de revient pas sensiblement supérieur à celui d'une peau de lapin, tenez pour certain qu'une telle entreprise est susceptible de réaliser des bénéfices inconnus jusqu'alors chez l'excellent M. Révillon ou tel autre de ses confrères en fourrures.

« Eh bien, cher monsieur, ces bénéfices, je viens vous proposer de les accroître encore dans de sensibles proportions.

« Écoutez-moi, je vous prie.

« En dehors des aménagements que vous commanderont les nécessités de votre exploitation, qui vous empêcherait d'en soigner le côté « pittoresque », tels que rochers, cavernes, cours d'eau, petits lacs, huttes de trappeurs et même — pourquoi pas ? et que ne réalise-t-on aujourd'hui, grâce à l'électricité ? — aurores boréales, soleil de minuit et autres phénomènes météorologiques si fertiles en ces parages ?

« Vous pourriez ainsi, en faisant payer un prix d'entrée, introduire chez vous un grand nombre de curieux qui ne se lasseraient jamais d'un spectacle aussi mirifique.

« Mais, m'objectez-vous, ces curieux, venant du dehors et pénétrant brusquement dans un endroit aussi frais (15 ou 20° au dessous de zéro), ne risqueraient-ils pas de se voir immédiatement décerner une de ces braves petites fluxions de poitrine, apanage coutumier de ce qu'on appelle un « chaud et froid »?

« Non, car j'ai prévu le cas :

« Un vestiaire *ad hoc* fournirait à nos curieux un petit complet semblable à celui que revêtent les hardis Canadiens chasseurs de fourrures.

« Mais, continuez-vous à m'objecter, nos ours blancs seraient-ils assez raisonnables pour contempler tous ces badauds d'un œil calme et d'une griffe indolente?

« Certainement, car j'ai prévu le cas :

« Par-dessus le chaud vêtement désigné plus haut, les badauds, comme vous dites, revêtiraient une armure ne différant des armures de nos vaillants preux que par ce détail que, pour être plus légère, elle serait l'aluminium.

« Vous voyez donc que j'ai tout prévu.

« Dans l'espoir, etc., etc.

« Veuillez, etc., etc.

« Eugène. »

L'autre lettre émane, j'en ai grand'peur, de quelqu'un de pas bien sérieux, quoique assez familier :

« Mon vieux Captain,

« Très chic, ton truc d'installer le Septentrion et ses bêtes à poil de luxe dans les catacombes!

« Mais ne crains-tu pas que tous ces opulents bestiaux ne soient pas bientôt pris du mal du pays?

« A cet inconvénient, je ne vois qu'un remède : les distraire en faisant chanter, matin et soir, les plus jolis airs de leurs patelins nataux.

« Et, pour accroître l'illusion, qui, s'il te plaît, chargeras-tu d'exécuter ce brillant répertoire?

« Hé, parbleu! Polaire en personne, l'étoile polaire elle-même!

« A toi,

« Victor. »

L'innocente plaisanterie de M. Victor n'empêchera pas la « Société des Pelleteries de Paris » de gravir d'une main sûre les marches du succès.

CHAPITRE XXXI

Les camelots devant le Captain Cap, et M. Salomon Reinach.

S'il faut en croire le Captain Cap — et pourquoi douter de sa parole? il va se tenir, le 31 juin prochain, un congrès pas banal.

Un congrès international de camelots!

Les camelots du monde entier se feront représenter à cette assemblée, la première de ce genre, mais espérons-le, suivie de beaucoup d'autres semblables.

En tête de son programme, cette sympathique corporation inscrit :

— *Qu'est-ce que le camelot?*

— *Rien.*

— *Que doit-il être?*

— *Tout!*

Le Captain Cap est très informé sur l'histoire de camelots depuis les temps les plus reculés jusqu'à nos jours.

— Garçon! s'écria-t-il deux *pick me up* (1) soignés!

Puis, confortablement installé sur son haut fauteuil, il se livra à l'intéressante conférence que voici :

Contrairement à l'idée généralement répandue dans le monde peu intéressant des esprits superficiels, l'industrie du camelot, loin d'être de création récente, remonte aux premiers temps de l'humanité.

Le premier camelot dont il est fait mention dans les documents est précisément celui qui donna son nom à cette institution naissante,

(1) Le *pick me up* est, comme l'indique son nom, un ravigottant recommandé. Pour l'obtenir, dans un gobelet d'argent mettez glace en morceaux, une cuillerée à bouche de jus de citron, une autre de grenadine et une troisième de kirsch vieux. Agitez, passez, versez. Remplissez le verre avec du Saint-Marceaux sec, une tranche d'orange.

et n'allez pas croire que vous avez affaire au premier venu ! Un fils de roi, s'il vous plaît ! le fils de Loth, roi des Moabites !

Cham Loth — c'est ainsi qu'on l'appelait — conçut un grand chagrin d'avoir vu sa mère — qu'il adorait — transformée, à la suite des pénibles incidents sur lesquels le lecteur nous saura gré de ne pas revenir, en statue de sel.

Désireux d'oublier une aussi cuisante peine (mettez-vous à sa place, si vous aimez tant soit peu votre mère !), Cham Loth hésita long-temps entre l'intempérance et les voyages.

Finalement il se décida pour ces derniers ; mais, garçon pratique avant tout (les jeunes Moabites sont encore réputés aujourd'hui pour leur habileté consommée dans tous les trafics), Cham Loth emporta avec lui des cha-riots remplis de marchandises diverses, d'un prix de revient insignifiant et ne comportant, chacune, qu'un faible volume, en telle sorte qu'il pût les débiter lui-même, au cours des pays traversés, sans se faire aider par de sou-vent indélicats serviteurs.

Cham Loth devint vite populaire partoute l'Asie, son pécule s'arrondissait à vue d'œil, en même temps que faiblissait son chagrin, si bien qu'au bout de peu de temps, le brave garçon était le premier à rire du curieux acci-dent survenu à sa pauvre maman.

L'exemple de Cham Loth porta ses fruits : beaucoup de jeunes hommes se répandirent par les pays voisins, débitant mille objets disparates, dont, à grosses clameurs, ils in-diquaient le nom, l'emploi, les mérites et le prix.

Par imitation, le peuple désignait ces va-carmeux individus sous le terme de leur initiateur : Cham Loth.

Le nom leur en resta et trépassa (1) les âges.

. . . .

... Fiers de cette origine quasi royale, nos modernes camelots cherchent à susciter un réveil dans leur corporation, un réveil dou-blé d'une ascension vers profits et honneurs.

(1) « Trépasser » est employé ici dans le sens de à franchir, »

Nul doute que leur congrès ne fourmille d'intéressants détails, mais c'est surtout leur tournoi qui passionnera, je pense, notre ca-pitale.

Car le Congrès des camelots sera suivi d'un tournoi.

Trente-sept mille camelots arrivés des quatre coins du globe se répandront dans toutes les rues de Paris, exerçant, à qui mieux mieux, leur active industrie et cherchant à vendre aux passants affolés des choses très probablement hétéroclites.

P.-S. Jamais, je l'avoue, je n'aurais re-connu M. Salomon Reinach dans le gentle-man qui se présentait si fort poliment au seuil de mon cabinet, avec, à la main, son chapeau haut de forme.

J'aurais d'autant moins reconnu ce per-sonnage que — persistons en la voie des aveux — cette fois était la première où se m'offrait l'occasion de sa vue.

M. Salomon Reinach a bien des défauts, mais personne ne s'avisera, j'estime, à con-tester sa mirifique compétence en tout ce qui touche le savoir et l'interprétation des textes bibliques.

Or, c'est précisément à l'occasion de ces derniers que, surmontant sa timidité natu-relle, M. Salomon Reinach se décidait à venir me trouver.

Laissons la parole à l'érudit exégète : .

« Dans votre dernier article (1), honoré monsieur, s'est glissée une erreur en la persistance de laquelle la réputation si soli-dement établie d'exactitude scientifique du Captain Cap pourrait bien essuyer quelque mauvais vernis.

« Cham Loth, il est vrai, fut bien, ainsi que vous le dites, le premier camelot dont fait mention la Bible ; il n'était pas le fils de Loth, comme vous l'avancez, mais seulement son gendre.

« Venu d'Ethiopie en Chaldée, Cham — il ne s'appelait encore que Cham — fut admi-rablement reçu par la famille de Loth.

(1) J'avais en effet publié dans un grand quotidien un résumé de la sérieuse documentation du captain Cap.

« Ce qui devait arriver arriva : séduit par les charmes d'Echa, une des filles de Loth, Cham sut trouver le chemin du cœur de la belle enfant, et bientôt, en dépit de la résistance de la mère Loth, qui n'aimait pas les nègres — Cham était noir — il l'épousait et ajoutait à son nom de Cham celui de son beau-père. »

(Echa Loth était la plus jolie et la plus enjouée des nièces d'Abraham. Ses traits, assure M. Salomon Reinach, rappelaient, à s'y méprendre, ceux de notre actuelle et délicieuse Eva Lavallière.)

« ... Passons rapidement sur les pénibles incidents qui se déroulèrent après cette union, et venons-en, sans plus tarder, à la curieuse aventure de Sodome : — Fuyez, recommandait l'un des anges à toute la famille Loth, mais ne vous avisez pas de regarder en arrière, sans quoi !...

« L'ange n'avait pas achevé.

« Sodome flambait avec, pour combustible, ses saligauds d'habitants.

« Une idée soudaine germa dans l'infernal cerveau de Cham :

« — Retournez-vous, dit-il à la belle-mère; le spectacle en vaut la peine.

« Machinalement, la maman Loth jeta un coup d'œil en arrière.

« Oh! ce ne fut pas long !

« En moins d'un quart de seconde, la bonne femme ne formait plus qu'un amas de chlorure de sodium.

« Légèrement ahurie, mais dominée par la terreur, la famille Loth continua de fuir jusqu'en Chanaan, d'où notre ami Cham revenait quelques semaines après.

« Ce nègre avait son idée.

Entre deux pierres plates, il eut bientôt fait de mettre en poudre les restes de sa belle-mère.

« Ce sel, il le divisa en une infinité de petits paquets qu'il alla débiter par tous les pays circonvoisins.

« Ajoutons que l'idée de tirer de sa belle-maman un profit aussi inattendu comblait de joie notre ami Cham Loth.

« C'est sans doute à la bonne humeur de leur ancêtre que les camelots d'aujourd'hui doivent encore leur incontestable gaieté. »

———

CHAPITRE XXXII

Le sanatorium de l'avenir.

De tous côtés, on ne parle que de « sanatoriums ».

. . . .

... Messieurs les typographes, veuillez avoir l'obligeance de m'ouvrir une de vos plus confortables parenthèses :

(Au pluriel, n'en déplaise à certains messieurs, je n'hésite pas à écrire « sanatoriums », et mon attitude, à cet égard, ne changera qu'au jour improbable où, généralisant leur pédanterie, ces certains messieurs diront des « aquaria », des « harmonia », etc.

Suivez plutôt mon raisonnement :

Quand un étranger se fait naturaliser Français, cela n'implique-t-il pas qu'il consent à épouser nos lois ?

De même pour les mots.

Dès qu'un terme exotique entre dans notre langue, à lui d'en subir, sans murmurer, la règle, si tyrannique, si arbitraire puisse-t-elle lui sembler, ou alors qu'il retourne dans son sale patelin et qu'il nous fiche la paix !

Quand une dame me raconte qu'elle vient d'entendre de magnifiques « soli », je lui demande incontinent comment se portent ses « gigoli » (tête généralement de la personne !)

S'il s'agit, comme en l'espèce, d'une langue morte, engageons alors le pauvre bougre de mot à regagner prestement la paix de son sépulcre, et qu'il n'en soit plus question !)

. . . .

De tous côtés, donc, on ne parle que de sanatoriums.

Et non seulement on en parle, ce qui ne suffirait pas à terrasser la tuberculose : mieux, on en édifie, on en inaugure même.

Pas en nombre suffisant, hélas! mais il y a commencement à tout, pas vrai?

Je n'ai pas la prétention de vous faire une leçon sur les conditions de bon agencement d'un sanatorium.

Vous savez tous qu'un établissement de ce genre doit réaliser tout ce qu'il existe au monde de mieux comme isolement, bon air, température.

Aussi, ne grouillent-ils pas en myriades, les endroits idoines à telles entreprises.

Et puis, il y a les voisins, qui poussent des cris de porc frais (1) et clament à la contamination dès qu'on parle d'installer, auprès de leurs domaines, châteaux ou masures, quelqu'un de ces fameux sanatoriums.

Tout être qui réfléchit est amené donc à frémir en constatant les ravages sans cesse croissants du fléau terrible, et les rares barricades que, malgré toute notre science et tout notre effroi, nous arrivons à lui opposer, dérisoirement.

Triste! triste! triste!

Celui qui découvrira le secret du sanatorium nombreux et bon marché aura rendu, — d'avance, nous lui tirons notre casquette — un de ces services à l'humanité qui mettent un homme au rang des Jenner, des Lister, des Pasteur!

Or, cet homme-là n'est pas à venir.

Il existe, n'étant autre que notre glorieux Captain Cap.

Emplacement immense, idéal, bon air, température chaude et constante, pas de voisins, pas de loyer, que désirez-vous de mieux pour un sanatorium véritablement digne de ce nom?

Où donc, que j'y coure? souriez-vous, incrédules.

(1) Certaines personnes disent « des cris d'orfèvre ». La véritable expression est « des cris d'orfraie ». Mais, outre que l'orfraie est un volatile à peine connu du seul Louis Ternier, l'impeccable ornithologue, je préfère « porc frais », cet animal se recommandant par le plus discordant des vacarmes, principalement pendant la période immédiatement antérieure à sa mise en contact avec le joyeux charcutier, maître de nos destinées.

... Je ne veux pas vous faire languir plus longtemps.

L'emplacement que Cap a découvert pour tous les sanatoriums de l'avenir, c'est le « Gulf-Stream ».

Je n'insiste pas, vous avez compris.

Exagérais-je en exaltant les avantages incomparables de cette gigantesque station — c'est le cas de le dire — thermale?

Il va de soi que notre nouvelle formule de sanatorium se rapprochera par sa construction beaucoup plus du bateau qui va sur l'eau que de la terrienne demeure.

Sans compter que les pauvres embrasés, comme dit Michel Corday, pourront s'amuser à pêcher à la ligne et se nourrir, en grande partie, du produit de leur pêche, riche en phosphore, alimentation recommandée, dans le cas qui nous occupe, par les meilleurs praticiens.

Tout cela est très simple, comme vous voyez; mais fallait-il pas moins y songer.

CHAPITRE XXXIII

Un aspect nouveau de la métallothérapie.

A l'époque — et ça ne nous rajeunit pas — où j'habitais le quartier Latin, les étudiants en médecine que j'avais habitude de vivre avec (1) s'entretenaient volontiers sur un nouveau mode de soulager l'humanité souffrante que venaient d'imaginer simultanément deux savants cliniciens, le docteur Burq et le docteur Dumontpallier: la métallothérapie, dont le seul nom nous dispensera d'en dire plus long.

Vers le même temps, il était également question, dans le même quartier, des curieux travaux du docteur Luys, auquel, à la Salpêtrière (je crois), il suffisait d'approcher certaines drogues de la plante des pieds de

(1) Que nos braves lecteurs veuillent bien excuser cette saugrenue façon de m'exprimer: je possède, en ce moment, chez moi une famille belge des plus honorables, mais dont le langage déteint légèrement sur le mien.

ses malades pour, entre autres résultats, leur enlever des névralgies intercostales, un simple rhume de cerveau, la teigne, etc., etc. (1).

Avouez que tout cela relevait quasiment du merveilleux, dirait M. Gaston Méry, notre actif conseiller municipal.

J'ignore ce qu'il advint, depuis ces temps, du système métallothérapique des docteurs Burq et Dumontpallier, mais je me souviens que la prétendue « action des médicaments à distance » déchaîna bientôt sur la réputation du docteur Luys plus d'un sourire incrédule et fâcheux.

Eh bien, les gens qui souriaient avaient tort de sourire, et le petit fait dont celui qui écrit ces lignes fut ce matin même le stupéfié témoin, réunit dans une allégresse commune les mânes (2) de MM. Luys, Burq et Dumontpallier.

Je me trouvais donc, vers onze heures et demie — comme par hasard — à la terrasse du café de la Paix, en compagnie du Captain Cap.

Ce parfait gentleman me contait l'histoire suivante :

— Vous voyez en moi un homme chargé d'une mission bien douce. Ayant perdu la somme de cinq francs par la faute d'un pari conclu avec Mme X. Y. Z. (3), je me suis vu refuser la remise de l'enjeu : « Gardez ce dollar, m'intima la jolie gagnante, et remettez-le de ma part au premier pauvre véritablement intéressant que vous rencontrerez... »

Cap en était là de son récit quand soudain se présenta devant notre table cet indigent que connaissent si familièrement tous les Parisiens accoutumés à fréquenter de la Madeleine à l'Opéra.

Je veux parler du sinistre homme roux à cheveux plats dont la marche, l'inlassable

(1) Même observation que plus haut.
(2) Si parmi ces messieurs, il s'en trouvait encore un qui ne fût pas décédé, je le prie très respectueusement de ne pas m'en vouloir. Un peu de patience et ça viendra.
(3) Ces initiales dissimulent à peine la personnalité d'une très charmante jeune femme de la colonie étrangère : Mme Xavière Yturbide-Zevaco.

marche, n'est que la succession jamais arrêtée des secousses de tout un corps ataxique.

— Tiens, s'écria Cap, le voilà mon pauvre!

Extirpant de sa poche la pièce de cinq francs, mon ami la colla dans le creux agité de la trépidante main.

Soudain... je n'en croyais pas mes yeux... voilà notre homme qui cessait de flageoller de la tête, et des bras, et des guibolles !

Sa pièce de cinq francs devant les yeux, il semblait devenu la proie subite d'une immobilité d'airain.

Cette très curieuse cure, par malheur, ne dépassa pas en durée le laps de temps d'une minute, au bout de laquelle notre infortuné reprenait son agitation coutumière.

Fort intéressés d'une expérience aussi inattendue, bien décidés à en suivre les phases, nous emboîtâmes-le pas, Cap et moi, à notre improvisé sujet.

Bientôt, il s'arrêtait sous une porte cochère, tirait de sa poche la pièce de cent sous et l'observait longuement sur ses deux faces (ou pour parler plus exactement, sur sa pile et sur sa face); puis il entra chez un mastroquet où il absorba, en moins de temps qu'il n'en faut pour l'écrire, une de ces absinthes dans lesquelles la cuiller tient facilement debout.

Tout le temps que dura cette opération notre malade ne trépida pas.

. . . .

Sans rien conclure hâtivement, ne nous est-il pas permis, dès aujourd'hui, de présumer que l'argent est un métal qui n'a pas besoin, ainsi qu'on l'avait cru jusqu'à présent, d'être ingéré pour avoir une action des plus sédatives à l'égard des accidents nerveux ?

CHAPITRE XXXIV
Franchissons les rivières sur des ponts formés par des dos de crocodiles.

Des lettres semblables à celle que voici honorent autant le citoyen qui les écrit que l'homme à qui elles sont destinées.

Aussi n'hésité-je point à publier cette missive avant même de l'avoir lue :

« Monsieur et honoré Captain !

« Avant de commencer, permettez-moi de retirer mon képi bien bas devant l'ardent patriote dont l'esprit toujours en éveil n'a jamais perdu de vue le salut national, quitte à l'assurer moyennant l'aide des animaux les plus inattendus.

« L'idée de dresser des chiens militaires anticyclistes et des puces, non moins militaires, antichiens, est de celles que l'Europe vous envie.

« Votre invention, en outre, monsieur, des obus chargés de poil à gratter indique bien que chez vous l'humanitarisme le plus large s'unit à un nationalisme irréductible.

« Et plus récemment, vos faucons dressés à crever les ballons ennemis ne firent-ils pas ouvrir l'œil à un grand pays voisin que ma situation dans l'armée m'empêche de désigner plus clairement ?

« Je ne vous ai pas parlé de vos géniaux crocodiles porte-torpilles, parce que c'est précisément le sujet qui m'amène à vous entretenir aujourd'hui.

« Oui, Captain, vous avez parfaitement raison quand vous assurez que le crocodile est le plus éducable des animaux.

« Beaucoup de mes camarades, officiers au Soudan, m'ont raconté que, pris dès l'œuf et traité avec égards, le crocodile s'attache à l'homme et s'ingénie à lui rendre les mille petits services que lui permet sa complexion naturelle.

« Il serait donc coupable, comme vous l'avez fort bien démontré, de ne pas mettre à profit d'aussi favorables dispositions.

« ... Lors des dernières manœuvres, mon rôle consista spécialement à étudier les nouveaux systèmes employés pour traverser les cours d'eau, lorsqu'on n'a sous la main ni pont, ni gués.

« Vous allez peut-être sourire, mais le procédé qui me sembla réussir le mieux fut l'improvisation de radeaux composés de gamelles

vides qu'on enferme avec de la paille dans des sacs vaguement imperméables.

« Souvent, au cours de ces expériences, mes camarades et moi, nous pensions à vous et regrettions l'absence du si fertile en ressources que vous êtes.

« Et voilà que, sans vous en douter, vous nous mettez sur la voie avec vos histoires de crocodile !

« En quelque sorte proverbiale, l'insubmersibilité de ce saurien prouve que le vieux Archimède était encore au-dessous de la vérité quand, tout nu, dans la rue, il proclamait son fameux principe, à la grande joie des galopins de Syracuse qui hurlaient à son unisson : « *Eurêka ! Eurêka !* sur l'air des *Lampions.*

« Le pont de crocodiles !

« Oui, c'est là le nœud de la question.

« Donc, que messieurs de l'artillerie, puisque c'est eux que cela regarde, n'hésitent point ! Qu'une section spéciale de dresseurs de crocodiles-pontonniers soit organisée sans retard !

« Qui sait ? Le salut est peut-être là.

« Veuillez, etc., etc.

« GUY D'AGOCH,
« *Simple lieutenant d'infanterie.* »

Certes, l'idée de l'honorable correspondant est des plus séduisantes, mais comme dit Cap, vous verrez une fois de plus à l'œuvre l'inertie des bureaux.

CHAPITRE XXXV

La sécurité dans les théâtres.

La sécurité du public dans les théâtres est un de ces problèmes qui ne doivent jamais laisser indifférent le penseur, alors même qu'aucune catastrophe récente ne vient mettre cette morose question sur le tapis de l'actualité.

Une foule innombrable d'étrangers s'entasse chaque soir dans nos lieux de plaisir : la politesse française commande de rôtir nos invités en nombre aussi réduit que possible.

Ce qui constitue le danger dans ces sortes de malheurs, c'est moins encore la flamme elle-même que l'incroyable panique qui se manifeste dès le début du sinistre et vient causer bousculades, encombrements, écrasements.

Une foule qui, terrifiée, se presse dans les couloirs d'un théâtre, c'est un bouchon qui se gonflerait dans l'étranglé goulot d'une bouteille.

. . . .

Tous les naturalistes vous diront que, chez l'anguille, le cas de trépas accidentel par combustion dans un théâtre ou un autre endroit de plaisir en flammes, est un fait des plus rares.

A quoi attribuer cette, en apparence, curieuse immunité?

A ceci, tout simplement, que l'anguille, lotie par la nature d'un corps parfaitement lisse et comme lubrifié, peut, dès la première alerte, se glisser, se faufiler et promptement parvenir au dehors sans que nulle aspérité personnelle extérieure ne vienne entraver son cours onduleux.

L'expérience est facile à faire : remplissez une salle de spectacle avec des anguilles, poussez brusquement un cri d'alarme quelconque, ainsi, par exemple, que : « Voici les Tartares! », et vous serez positivement émerveillé de la rapidité avec laquelle tout ce souple petit monde aura gagné les parties externes du bâtiment.

. . . .

N'y avait-il pas, pour l'humanité, quelque profitable leçon à tirer de cet exemple?

De bonne foi, le Captain Cap l'avait cru un instant, et il proposa aux autorités compétentes le projet d'une sorte de vêtement à l'usage des spectateurs, en forme de cache-poussière, avec, remplaçant le tissu, de la peau de pêche, de la simple peau de pêche.

Ayant, à la suite de longs travaux, remarqué que la peau d'anguille morte ne possède pas les mêmes qualités de glissement que celle de la vivante, il s'était décidé à la remplacer par de la peau de pêche, dont les propriétés, à cet égard, sont si connues et appréciées des amateurs.

Son projet n'ayant, comme de juste, rencontré que le dédain ricaneur des grosses légumes, il en resta là de ses travaux philanthropiques.

Un nouveau système visant au même but lui paraît plus pratique.

Ne pourrait-on pas, insinue-t-il, contraindre MM. les directeurs de théâtre à transformer les couloirs de leurs établissements en couloirs mobiles, semblables au trottoir roulant, vous vous souvenez, à l'Exposition de 1900 (1), au Champ de Mars?

De même pour les escaliers, à la place desquels on installerait des rampes mobiles analogues à celles que l'on put voir dans notre Exposition, avec, pourtant, cette différence qu'elles seraient, si j'ose m'exprimer ainsi « descensionnelles ».

En cas d'incendie, un simple déclic met en marche tout ce mécanisme.

Ainsi, plus de bousculade, ou si bousculade, plus de catastrophe, puisque tout le monde sorti dans la rue, automatiquement.

———

CHAPITRE XXXVI

Où la Russie cherche à voler un peu de gloire au Captain Cap.

Je vous laisse à penser combien mes yeux tressaillirent d'allégresse quand, fouillant le sommaire de la très intéressante *Revue de chimie industrielle*, mon regard tomba sur ce titre si plein d'attrait : *Production de force motrice par les microbes.*

Tout de suite, je pensai à un vieux projet que le Captain Cap avait formé jadis d'actionner de puissantes machines au moyen des *rotifères*, ces ridicules petits êtres qui passent leur vie à tourner, tourner, sans cesse, sans raison, sans but, sans résultat et, eût ajouté Verlaine, sans espoir de foin.

(1) Comme c'est loin tout ça !

Mais la *Revue de chimie industrielle* est publication trop grave pour abriter pareilles saugrenuités.

Qu'est-ce donc que cela pouvait bien être ? Calmez-vous, voici :

« L'ingénieur N.-P. Melnikoff, à Odessa — je copie textuellement — a construit un modèle en réduction d'une machine qui fonctionne à l'aide des produits de la vie des bactéries.

« En réalité, cette machine n'a encore aucune importance pratique, elle est à peine née ; mais il y a le plus grand intérêt, au point de vue mécanique, à étudier la vie des bactéries et leur puissance de développement.

« M. N.-P. Melnikoff s'est d'abord attaché à la bactérie *Saccharomyces cerevisiæ* qui produit la fermentation alcoolique en dédoublant le sucre en alcool et acide carbonique.

« On prend un réservoir de cuivre, on y introduit de la glucose, de la levure, de l'eau, etc.

« Le lendemain, à la température de 20°, le réservoir intérieur contient du gaz acide carbonique à la pression de 4 atmosphères et demie, correspondant à 15 livres anglaises de pression par pouce carré. »

(Pourquoi cet ingénieur russe se sert-il de mesures anglaises ? Mystère ! L'Alliance serait-elle donc un vain mot ?)

Alors, vous n'avez plus — je résume — qu'à faire travailler votre gaz comprimé, ce qui est l'enfance de l'art.

Pierre Giffard a publié un livre qu'il intitule triomphalement (tout en oubliant de me l'envoyer) *la Fin du cheval.*

Le temps n'est peut-être pas si loin où l'on pourra écrire, et non sans raison, la *Fin du pétrole,* la *Fin de l'électricité,* etc., etc.

Les machines à bactéries, l'avenir ne saurait se trouver ailleurs, car ce moteur-là ne risquera jamais de s'épuiser ; quand il n'y en a plus, il y en aura encore !

Et puis, le grand avantage du système Melnikoff consiste surtout dans la facile utilisation du résidu : à peu près un litre de cognac (?) pour cinq kilos de glucose employée.

Chouette, alors ! Y aura du bon !

. . . .

Et maintenant, arrachons brutalement à M. N.-P. Melnikoff, d'Odessa, la couronne apothéotique qu'il usurpe !

M. N.-P. Melnikoff arrive bon second dans cette intéressante question.

Le premier ne fut autre, une fois de plus, vous l'avez deviné, que notre glorieux ami, le Captain Cap.

Voici, en effet, deux ans (le loisir me manque de retrouver la date précise) que sur les indications du Captain, nous préconisâmes le moyen d'économiser le prix du transport de nos vins nationaux depuis l'endroit de la récolte jusqu'à celui de la consommation.

Il s'agissait très simplement de les véhiculer pendant leur temps de fermentation, en utilisant leur acide carbonique sous pression pour actionner les roues de camions *ad hoc.*

Ajoutons, non sans humiliation, qu'aucun constructeur ne réalisa ce beau rêve.

Mais la Russie était là, qui veillait !

Vive la Russie ! monsieur !

———

CHAPITRE XXXVII

Où le Captain Cap fait luire aux yeux des auteurs et des éditeurs une séduisante aurore.

Bien que fort exagérée par certains pleurnichards, toujours stupéfaits que leurs petites saletés ne tirent pas à cent mille exemplaires et un exemplaire, comme dit le docteur Mardrus, la mévente du livre est un phénomène pénible mais incontestable.

Le Captain Cap que je ne manque jamais de consulter en telles circonstances, me fit à ce sujet une réponse qui dévoile chez cet économiste distingué autant de science approfondie que de solide bon sens :

« Un livre ne se vend bien qu'à la condition qu'il se présente beaucoup de clients pour en faire l'acquisition.

« Si le nombre de ces clients est médiocre, la vente du livre s'en ressentira, et le trafic en résultera d'autant plus faible que la quantité d'acheteurs sera moins dense. »

— Parfaitement raisonné, mais le remède ?

— Oh bien simple, le remède ! Accordez-moi quelque attention.

— Je suis tout ouïes.

La solution qu'offre le Captain entrera-t-elle bientôt dans la pratique, espérons-le sans nous en réjouir trop tôt :

A succès égal, une pièce représentée sur un théâtre rapporte infiniment plus d'argent qu'un roman publié en librairie.

Pourquoi?

Parce que, si vous voulez voir plusieurs fois une pièce qui vous plaise, vous devez chaque fois payer une nouvelle place, tandis que l'exemplaire du bouquin une fois payé, vous pouvez le relire aussi fréquemment qu'il vous plaira.

Pis encore : Vous pouvez prêter ledit bouquin à des milliers de personnes, sans que cette pullulation de lecteurs mette un denier de plus dans l'escarcelle du pauvre auteur.

Un spectacle, vous ne pouvez pas le prêter à votre plus intime ami.

Le raconter ? Oui, mais cela n'est pas la même chose.

Saisissez-vous la différence pécuniaire de ces deux formes d'art ?

Pour le théâtre (si j'en excepte les billets de faveur), autant de michés que de spectateurs !

Pour le livre... Oh ! préférons ne pas évaluer, ce serait trop triste !

Il s'agissait donc de découvrir le joint qui pût remédier, vis-à-vis du livre, à un état d'infériorité aussi affligeant.

Je crois avoir trouvé.

L'expérience, d'ailleurs, parlera prochainement plus haut que la plus astucieuse des théories.

Apprenez donc ceci :

Quelques livres vont bientôt paraître, imprimés en « encre volatile ».

L'encre volatile est une encre qui, exposée à l'air, se volatilise — comme l'indique son nom — sans laisser la moindre trace perceptible.

De telle sorte — et vous voyez l'avantage, pour les libraires à la fois et les auteurs — que le même volume, ne pouvant servir qu'à un nombre très restreint de lecteurs, devra être renouvelé dès que ses pages seront devenues blanches comme la blanche hermine, c'est-à-dire à bref délai.

Cet ingénieux stratagème remédiera-t-il à la triste situation des littérateurs, c'est, encore une fois, ce qu'avenir prochain se chargera de nous apprendre.

CHAPITRE XXXVIII

Où le Captain Cap ne badine pas quand on cherche à se payer sa fiole.

Ayant glissé son décime dans la fente d'un appareil automatique, le Captain Cap conçut une effroyable colère en constatant que rien ne bougeait à l'appareil et que la tablette de chocolat annoncée ne se présentait pas.

— Tas de voleurs ! écuma-t-il.

Et il ajouta :

— Je viendrai cette nuit avec une cartouche de dynamite et je ferai sauter leur damnée machine.

— Voilà, fis-je, Captain, une bien excessive vengeance pour une malheureuse pièce de deux sous.

— Ça n'est pas pour les deux sous ! Les deux sous, je m'en fiche ! Mais je ne veux pas qu'on se f... de ma fiole.

Je connais, en effet, peu de gens aussi susceptibles que Cap, à certains moments.

Prêt à s'imaginer que l'humanité entière s'est liguée pour le dépouiller, il ne décolère pas et rumine sans relâche les plus éclatantes et cruelles revanches.

S'étant aperçu un jour que son épicier lui avait vendu une livre de sucre de 485 grammes, il revint le lendemain et projeta dans les olives et les pruneaux de l'indélicat boutiquier une pleine poignée de strychnine.

— Cé n'est pas pour les 15 grammes de sucre, s'excusait-il gentiment. Les 15 grammes de sucre, je m'en fiche! Mais je ne veux pas qu'on se f... de ma fiole!

En une autre circonstance, les choses allèrent plus loin encore.

Dans un hôtel de Marseille où il descendait d'habitude, il constata, en faisant sa malle pour le départ, qu'il lui manquait un faux-col.

Nul doute! Un garçon de l'hôtel avait, en son absence, ouvert la malle et dérobé l'objet.

Cap ne fit ni une, ni deux. Au lieu de revenir à Paris, où l'appelaient ses affaires, il s'embarqua sur un bateau en partance pour Trieste.

Trieste — qui l'ignore? — est, avec Hambourg, le grand marché européen de bêtes féroces.

L'homme eut la chance de tomber, tout de suite, sur une véritable occasion : un sale jaguar adulte, dont le mauvais caractère aurait lassé la patience d'un saint et qu'on lui abandonna pour un prix désisoire.

Ce jaguar fut introduit dans une forte malle, une de ces fortes malles où la tôle d'acier joue un rôle plus considérable que l'osier ou la toile cirée.

Un rapide steam-boat ramena vers Marseille le grincheux Captain et son farouche compagnon.

. . . .

Le jaguar qui, à l'état libre, n'est déjà pas d'une mansuétude désordonnée, perd encore de sa sociabilité par le séjour d'une semaine dans une malle, même quand son maître a pris la précaution d'enfermer avec lui une dizaine de kilogrammes de viande de cheval premier choix.

Notre jaguar ne se comporta pas autrement que la plupart de ses congénères.

Précisément, le garçon de l'hôtel eut la fâcheuse pensée de s'approprier un mouchoir de poche appartenant à notre ami.

Alors, oh! alors...! le couvercle de la malle se releva plus brusquement que ne s'y attendait l'indélicat serviteur.

Le pauvre jaguar, heureux enfin de pouvoir détendre ses muscles engourdis, manifesta sa joie par un petit carnage, qui s'étendit au garçon coupable, à deux bonnes, à trois voyageurs, au patron, à la patronne de l'hôtel et à quelques autres seigneurs sans importance.

Quand un jaguar s'amuse, rien ne saurait l'arrêter.

— Eh bien, monsieur, concluait gaiement le Captain Cap, je suis souvent revenu dans cet hôtel et n'eus plus jamais à déplorer l'absence du moindre bouton de manchettes... Qu'est-ce que vous voulez, moi, je n'aime pas qu'on se f... de ma fiole!

CHAPITRE XXXIX

L'économie alliée au bien-être.

— Trouvez-vous, nous prévenait simplement un très aimable ingénieur de la Compagnie, trouvez-vous, à dix heures vingt-cinq, à la gare des Batignolles, et vous assisterez à quelque chose de fort curieux.

Vous pensez si nous eûmes garde, le Captain et moi, de manquer pareille occasion!

A l'heure dite, nous étions au rendez-vous.

Un train chauffait, tout prêt à partir.

Pas mal de personnages bien mis se trouvaient déjà là, dont beaucoup portaient, à la boutonnière, la rosette rouge de la Légion d'honneur.

— En voiture, s'il vous plaît, messieurs! cria l'ingénieur aimable dont j'ai parlé plus haut.

J'ai oublié de le dire, mais je pense qu'il est temps encore de réparer cette négligence, il faisait excessivement chaud

Nous montâmes dans nos wagons.

Un coup de sifflet déchira l'air, le train s'ébranla.

Ce train était un de ces trains qui ressemblent à tous les trains.

Il se composait de plusieurs wagons, lesquels se subdivisaient eux-mêmes en un certain nombre de compartiments.

Jusqu'ici, donc, rien d'anormal, rien de nouveau.

J'en étais là de mes réflexions, quand, à ma grande stupeur, j'aperçus tous mes compagnons de route en train de se déchausser.

De l'air le plus naturel du monde, ces messieurs enlevaient leurs bottines et leurs chaussettes.

Ils relevaient leur pantalon et leur caleçon jusqu'au genou.

Après quoi, l'un d'eux souleva une plaque de tôle posée sur le parquet et mit à découvert un large bassin rempli d'eau, bassin occupant toute la largeur du compartiment.

Et tous ces gens de se livrer aux douceurs du bain de pied.

Ma foi, nous fîmes comme eux.

On ne saurait se figurer, si on ne l'a pas goûtée soi-même, l'exquise sensation que procure un bain de pied en *rail-road* : c'est délicieux.

Je compris alors à quelle expérience j'assistais.

D'ailleurs, un monsieur décoré me mettait au courant, avec une de ces bonnes grâces comme on n'en rencontre plus que dans les hautes sphères administratives.

L'installation de bains de pieds dans toutes les voitures de la Compagnie aura plusieurs résultats excellents :

Pour les voyageurs, aise, hygiène, propreté.

Pour les Compagnies, énorme économie de combustible.

Jugez plutôt :

Au moment où on le refoule dans lesdits bassins, l'eau est à une température d'environ 15°.

Le contact avec les pieds des voyageurs, l'amène assez rapidement (surtout en été) à la température du pied humain, 37°.

A ce moment, l'eau tiède est refoulée dans la chaudière et remplacée par de la plus fraîche.

C'est donc *vingt-deux degrés* de chaleur qui ne coûtent rien à l'administration !

J'ai égaré le papier sur lequel j'avais pris mes notes, mais je crois me rappeler que la chaleur humaine, ainsi captée et utilisée, représente une économie de 100 grammes de charbon par voyageur et par kilomètre.

Voilà, je crois, un fait unique dans les fastes des grandes Compagnies : une réforme réunissant dans une commune satisfaction les actionnaires et le public.

— Le voilà, conclut Cap, le bon collectivisme, le voilà bien.

Et nous fêtâmes cette date, par, comme il faisait très chaud, un copieux *Champagne Julep* (1).

CHAPITRE XL

Dans lequel on voit évoluer M. Brunetière et des kangourous.

Les nombreuses personnes qui, profitant des derniers beaux jours se promenaient hier au Bois, ressentirent soudain une peu mince stupeur.

Toute une famille venait de leur apparaître : le père, la mère, deux grandes jeunes filles et un petit garçon, tous éperdument pédalant sur d'élégants tandems peints en vert-nil.

Il y avait cinq tandems pour ces cinq per-

(1) Dans un grand verre, piler trois ou quatre branches de menthe fraîche avec une cuillerée de sucre en poudre, un verre à liqueur de cognac, remplir de glace pilée, un verre à liqueur de chartreuse jaune, finir avec du Saint-Marceaux sec, bien remuer, tremper dans le jus de citron une petite branche de menthe, l'ajuster au milieu du verre, fruits selon la saison, un filet de bon rhum sans mélange, saupoudrez de sucre. Dégustez avec chalumeau.

onnes et le deuxième personnage de chaque tandem n'était autre qu'un kangourou.

N'écarquillez pas vos yeux, braves gens, vous avez bien lu : le deuxième personnage de chacun de ces tandems, bel et bien, c'était un kangourou.

Et tout ce monde, bêtes, gens, machines passa comme un rêve.

Je me trouvais moi-même en ces parages, donnant un peu d'air à la triplette que je viens d'acheter avec Brunetière et le Captain Cap.

Non sans peine, nous suivîmes l'étrange vélochée (1) jusqu'à Suresnes.

Là, devant un modeste caboulot, la famille entière descendit.

Seuls, les kangourous demeurèrent en selle, calant la machine de leur puissante queue sur le sol appuyée.

Et rien n'était plus comique que le spectacle de ces animaux, graves et bien stylés, attendant sans broncher leurs maîtres, comme font les larbins anglais derrière les carrosses des vieux lords.

Bientôt, devant un excellent *american-lemonade* (2), nous avions fait la connaissance de toute la famille.

Avec sa coutumière bonhomie, Brunetière nous présenta, Cap et moi, sous le jour le plus flatteur qu'il put trouver.

A son tour, la plus jeune des jeunes filles se présenta elle-même, puis nous présenta sa famille : son papa, sa maman, sa sœur et son petit frère.

Des Australiens.

Ces messieurs et dames rirent beaucoup de notre effarement et nous enseignèrent que, dans leur pays, le kangoucycle est aussi courant que chez nous, la simple bicyclette.

Le kangourou, animal intelligent, docile et vigoureux, rend actuellement, aux Australiens, tous les services que les Esqui-

(1) On dit *chevauchée*.
(2) L'*americain-lemonade* se fabrique comme la limonade ordinaire, sucre, jus de citron, eau de seltz. La seule différence est qu'on y doit ajouter une petite quantité de porto rouge.

maux exigent du renne. Et même mieux, car, en matière d'industrie, l'Esquimau ne va pas à la cheville de l'Australien.

Le kangourou — et les personnes qui se rappellent les kangourous boxeurs du Nouveau-Cirque et des Folies-Bergère ne me contrediront pas — le kangourou est doué d'un avant-train à la fois souple et robuste (sans préjudice, d'ailleurs, pour la peu commune énergie de ses membres postérieurs).

Sans s'arrêter aux vagues sentimentaleries qui ridiculisent notre vieille Europe, les Australiens ont depuis longtemps utilisé les vertus du kangourou.

L'une des dernières applications, c'est précisément ce *kangoucycle* dont je parlais tout à l'heure.

Confortablement installé sur une petite plate-forme en arrière de la deuxième roue, le kangourou actionne de ses pattes de devant une manivelle qui suffirait, au besoin, à la marche du tandem.

Je n'insiste pas sur l'inappréciable auxiliaire que représente mécaniquement (je pourrais dire *bécaniquement*) ce vigoureux animal, mais je tiens surtout à faire remarquer l'avantage de la parfaite stabilité, en route et au repos, que procure l'emploi de la longue et solide queue du kangourou.

Plus de pelles, plus de dérapages, plus besoin de descendre à chaque arrêt.

Le kangourou présente, en outre, le mérite de veiller sur la machine en votre absence, ainsi que ferait le chien le plus fidèle.

Brunetière ne cachait pas son émerveillement de tant d'ingéniosité.

Cap ne disait rien, mais on voyait tout de même que le *kangoucyclisme* lui en avait bouché un coin.

CHAPITRE XLI

Fragment d'une conférence du Captain Cap sur la question des phares.

L'effroyable catastrophe du *Drummond-castle* met encore sur le tapis de l'actualité la question si importante des phares.

Quoi qu'en aient dit certains journaux anglais, les côtes de France sont aussi bien éclairées que celles d'Angleterre, munies relativement d'autant de phares, lesquels portent des feux aussi intenses que de l'autre côté de la Manche.

Par malheur, il est des cas où les phares, si nombreux soient-ils et si éblouissants, ne suffisent pas à avertir du danger le pauvre navigateur.

Le brouillard est parfois si intense en mer, que le matelot n'aperçoit pas la lueur de sa pipe (*the light of his pipe*).

C'est alors qu'on songea, puisque le sens de la vue n'était point, en ce cas, utilisable, à faire appel au sens de l'ouïe et qu'on inventa la sirène aux lugubres et avertisseurs meuglements.

Cet appareil ne donna point les résultats qu'on attendait de lui, car si puissante que soit la sirène, sa portée a des limites assez humbles.

Autre inconvénient de la sirène : même des plus exercés marins se trompent facilement sur la direction du son. A une certaine distance, ils font des erreurs d'estime qui vont jusqu'à 90°.

Alors quoi ?

Je demande la parole pour un fait personnel :

Il y a quelques années, j'eus l'occasion dans je ne sais plus quelle gazette, de traiter cette si intéressante question des phares.

La vue et l'ouïe, disais-je, sont, dans bien des cas, au-dessous de leur mission.

D'autre part, les sens du toucher et du goût ne sauraient, dans une question de récifs, être de la moindre utilité.

Reste le sens de l'odorat.

Personne, jusqu'à présent, n'a songé à employer le nez pour flairer le roc prochain.

..., Et je proposai à l'administration compétente de créer des bouées à odeur pour parages dangereux.

Pourquoi donc pas ?

Voyez-vous d'ici le tableau : une nuit noire épaissie d'un brouillard compact. Pas un feu sur terre, pas une étoile au ciel !

Comme musique, le sifflement du vent dans les cordages, le fracas des vagues, les cris des femmes et des enfants.

Où sont-ils, les pauvres matelots ! Dieu seul le sait et peut-être n'en est-il pas bien sûr !

Tout à coup, le capitaine a reniflé par N.-N.-O un puissant relent de vieux roquefort et par S.-E une fine odeur de *Martini Cocktail* (1).

Il consulte sa carte (une carte qu'on dressera *ad hoc*), et reconnaît sa position.

Sauvés ! merci, mon Dieu !

Il manœuvre en conséquence, et une heure après, le navire est au port ; tout le monde, matelots et passagers, entonnent, les uns des hymnes de grâce, les autres, des grogs bien chauds.

Malheureusement tout cela n'est qu'un rêve.

La routine, la hideuse routine est là, qui veille, barrière à toute idée neuve, à tout progrès, à tout salut !

Vous me croirez si vous voulez, l'administration des Phares ne m'accusa même pas réception de mon projet de *smell-buoy*.

CHAPITRE XLII

Où il est question, pour faire plaisir à la population parisienne, de l'abaissement du prix du gaz.

— Faut-il, s'écria Cap, que les Parisiens soient bêtes pour payer leur gaz six sous le mètre cube, quand ils peuvent s'en procurer d'excellent, à Londres, pour moins d'un penny.

(1) Un des meilleurs cocktails quand il est bien préparé. Glace en petits morceaux, demi-cuillerée à café d'orange-bitter, de curaçao et de crème de noyau. Finir avec parties égales de gin et de vermouth de Turin. Agitez, passez, zeste de citron.

— Pardon, Cap, et le transport ?

— Le transport, le transport, c'est là où je vous attendais ! Quand vous avez dit le *transport*, vous avez tout dit. Eh bien, cher ami, non seulement le transport ne coûterait rien, mais encore il rapporterait.

Vous ouvrez de grands yeux, lecteurs, et de non moins grandes oreilles.

Rien pourtant n'est plus exact: non seulement le transport ne coûterait rien, mais il RAP-POR-TE-RAIT !

Une telle assertion mérite un brin d'explique.

— Mon cher Cap, vous avez la parole :

— Les Compagnies de chemins de fer, comme d'ailleurs les Messageries maritimes et autres, font payer le transport des marchandises selon le poids des dites denrées.

Or, je vous prie, que pèse le gaz d'éclairage ?

Ne se contentant pas de peser rien du tout, il pousse la coquetterie jusqu'à peser moins que rien, en vertu du principe d'Archimède.

(Une courte parenthèse, si vous le voulez, le temps de prendre un *alabazam cocktail* (1) : avez-vous remarqué qu'on parle toujours du principe d'Archimède et non de ses principes, dont il était, d'ailleurs, dénué à ce point, que sortant du bain il se promenait tout nu dans les plus fréquentées artères de Syracuse, pour se sécher, disait-il ?)

Il arriverait donc qu'en bonne logique, les Compagnies devraient remettre, au lieu de les percevoir, des sommes pour le transport de cette marchandise à poids négatif.

Les choses se passeraient-elles ainsi dans la pratique ? Je ne crois pas.

Les administrations feraient intervenir la question, peu négligeable, j'en conviens, du volume, et en profiteraient pour exiger des agents énormes.

_____

(1) Glace pilée, quelques gouttes d'angustura et de jus de citron, cuillerée à café de curaçao, remplir avec cognac, passez, zesté de citron, servez. Tel est l'*Alabazam.*

C'est alors que j'offre la ressource de l'aérostat.

Et là, encore, c'est du gratuit trimballage, ou à peu près.

Car rien ne nous empêcherait, mes bons amis, de profiter du ballon pour rapatrier en sa nacelle le linge blanchi à Londres de stupides mais rémunérateurs snobs.

Il suffirait que cinquante ou soixante mille commerçants parisiens missent mon idée à exécution, pour voir la toute-puissante Compagnie du Gaz baisser un peu ses prix.

Oui, mais voilà : en France, on est fort pour crier, mais dès qu'il s'agit d'attacher le grelot, il n'y a plus personne !

Pauvre France !

_____

CHAPITRE XLIII

Où il est question du porc, cet utile auxiliaire du charcutier, comme disait Buffon.

Et, à cette occasion, laissez-moi vous rappeler une anecdote qu'aimait à conter un vieux mien oncle au temps jadis où, bébé frais et rose, j'encadrais mon front par d'épaisses boucles brunes.

Deux individus s'avisèrent une fois d'acheter un cochon en commun.

Jusqu'à présent, cela va bien.

Consciencieusement, ils engraissèrent leur porc, lui apportant mille détritus du ménage, du son, et même des pommes de terre.

Tout le temps que dura cette suralimentation, la meilleure harmonie ne cessa de régner chez les braves copropriétaires.

Voici où les choses se gâtèrent.

Un beau jour, l'un de ces messieurs estima que le porc se trouvait à point et que l'heure avait tinté d'occire l'animal.

Tel n'était point l'avis de l'autre.

On résolut d'attendre.

Quelques jours passèrent et le premier revint à la rescousse.

— Il est temps de tuer notre cochon.

— Pas encore ! Je m'y connais : la bête

n'est pas au mieux de sa forme. Patientons encore.

L'homme pressé se gratta la tête et, du ton de celui qui a pris une grande résolution, prononça :

— Écoute, mon vieux, tu feras ce que tu voudras de ta moitié de porc, mais, moi, je vais tuer la mienne.

Et il fit comme il avait dit.

Inutile d'ajouter qu'en tuant sa part de bête, il causa du même coup le trépas de l'autre fraction.

... Cette histoire m'est revenue en souvenance à la lecture d'une stupéfiante circulaire qu'a bien voulu me communiquer mon ami le Captain Cap en m'engageant à y mettre toutes mes économies.

Il s'agit d'une affaire, mirifique au dire du prospectus, d'une entreprise de *Délardage de cochons vivants*.

Le début de la circulaire, que voici textuellement vous éclairera sur la question :

« La porcarine »

« *Origine et principe de l'invention.* »

« Le plus simple cultivateur sait que le cochon arrivé au moment psychologique (*sic*), c'est-à-dire *gras à point*, se laisse manger, par les rats, des portions importantes de sa chair.

« Le célèbre inventeur M. L. Tourillon, qui nous a cédé ses brevets, et qui reste attaché à notre société, frappé de ce fait, imagina sa fameuse *machine à délarder.*

« Un pantographe élastique et des lames hélicoïdales à cuiller en furent la base, etc., etc. »

... Suit la description un détail de l'opération et la désignation des futures victimes, lesquelles appartiendront aux races *Middlesex*, *New-Leicester* et *Tonkinoise*. (La race *Craonnaise* est, paraît-il, trop en chair pour ce genre d'entreprise. Heureuse race !)

« ... Convenablement exploité, chaque cochon nous *offrira* (!!!) 100 kilos de lard par an, soit deux cents francs au minimum. »

— Et la Société protectrice des animaux, Cap qu'est-ce qu'elle dira ?

— Le cas est prévu et un charmant petit post-scriptum répond d'avance à la menace:

« Pour calmer les alarmes des cœurs tendres et donner satisfaction à la Société protectrice des animaux les cochons seront anesthésiés avant de subir les opérations. »

— Attendons-nous à une forte hausse sur le chloroforme, conclut le Captain.

CHAPITRE XLIV

Où Cap prouve jusqu'à l'évidence qu'il aime à se rendre compte.

— Oui, mon cher, je suis comme ça, j'aime à me rendre compte par moi-même.

— Vous êtes un sage, Captain.

— Ainsi, on prétend que par les matinées de brouillard, comme celle d'aujourd'hui, l'absorption d'un verre de rhum est éminemment hygiénique ; assurons-nous-en.

Un petit café, précisément, nous tendait les bras :

— Garçon, deux verres de rhum.

— Voilà, messieurs.

Quand nous eûmes dégusté :

— Il n'est pas fameux, garçon, votre rhum.

— Nous en avons du meilleur, monsieur, à soixante centimes le verre.

— Je parie que c'est le même.

— Pour qui monsieur nous prend-il ? s'indigna le garçon.

— Alors, donnez-nous deux verres de ce fameux rhum... J'aime bien me rendre compte.

Le second rhum ressemblait au premier comme un frère à son umeau.

Nous sortîmes, non sans avoir manifesté notre mécontentement par quelques vocables triviaux et désobligeants.

Tout près de là, un écriteau, posé sur des bourriches d'huîtres devant l'humble établissement d'un marchand de vin, attira notre attention : *Arrivage direct tous les matins.*

— Quelle blague ! fit mon ami. Arrivage direct ! Arrivage des halles centrales probablement. Si nous nous rendions compte ?

Rien ne creuse comme deux verres de mauvais rhum absorbés coup sur coup : je consentis.

Nous arrosâmes les huîtres d'un léger vin blanc assez guilleret, suivi d'un petit vin gris des Ardennes de l'authenticité duquel mon méfiant ami voulut s'assurer.

Le petit vin gris des Ardennes se laissa déguster avec une telle complaisance que, cinq minutes plus tard, une bouteille de sauterne le remplaçait sur la table.

— Du sauterne ! Ah ! il doit être chouette, ton sauterne !... Enfin, nous allons bien voir.

Ce système d'investigation se poursuivit ainsi pendant toute la matinée.

La plupart des apéritifs connus furent l'objet d'une sérieuse enquête personnelle.

— Je vous parie que ce n'est pas du vrai Pernod !... Gageons que ce quinquina n'est pas du vrai Dubonnet !

Et moi, pour flatter la manie de Cap, je m'informais si le curaçao était du vrai curaçao de Reischoffen, et si la bouteille d'anisette portait bien la signature Béranger.

Midi sonna.

Nous nous disposions à prendre mutuellement congé, quand le Captain avisa deux messieurs qui filaient sur leur tandem, tels deux cerfs lancés d'une main sûre.

— Messieurs, messieurs ! arrêtez-vous, cria mon ami.

L'un des deux gentlemen se retourna, interrogatif.

— Oui, vous ! insista Cap. Stoppez tous les deux au plus vite !

Les messieurs s'arrêtèrent, descendirent et vinrent à nous.

— Merci, messieurs, d'avoir si gracieusement obéi à ma prière. Maintenant, je vois que vous êtes deux ; vous pouvez continuer votre promenade.

— Mais, monsieur, que signifie?...

— Oh ! mon Dieu ! c'est bien simple. Je voulais m'assurer que vous étiez deux, parce que, si vous n'aviez été qu'un, c'est que j'aurais été, moi, abominablement gris... J'aime bien me rendre compte.

Et Cap conclut :

— Puisque nous ne sommes pas gris, qui nous empêche de prendre un excellent *brandy-shanteralla*(1)?

— Rien, Cap, rien au monde ne saurait nous prohiber cette démarche.

———

CHAPITRE XLV

Supériorité de la pratique sur la théorie.

— En tout métier, proclama le Captain Cap, en toute profession, en tout art, il faut de la pratique.

Ceux qui viendraient à vous tenir un langage contraire, tenez-les pour sombres niais, tout au moins dangereuses fripouilles.

La sagesse des nations — qui n'est pas une moule — l'a depuis longtemps dit : c'est en forgeant qu'on devient forgeron, et non en consultant des manuels de tissage ou en suivant les cours d'économie politique de notre sympathique camarade Paul Leroy-Beaulieu.

Le gouvernement a si bien compris cette vérité qu'il n'hésite pas — par exemple — à construire de coûteux hôpitaux où il entretient, à grands frais, un tas de pauvres

(1) Le *brandy shanteralla*, peu recommandé au sexe frêle, se prépare ainsi : dans glace en morceaux, versez une cuillerée à bouche de curaçao, une de chartreuse jaune, une d'anisette, complétez avec bon cognac.

bougies, à qui il a fait préalablement contracter mille affections diverses, depuis la simple ecchymose jusqu'à l'imminente maternité.

Tout cela pour compléter l'éducation théorique de nos futurs morticoles et les entraîner à des pratiques d'où dépendra notre santé, notre existence, à nous autres notables commerçants.

Il fut, à un moment, question de créer à Paris et dans quelques grandes villes de province, à l'instar de ces hôpitaux, des manières de Palais de Justice pour pauvres, où les jeunes avocats et magistrats se seraient exercés sur les litiges des gens de rien, litiges dont la solution importe peu au bon ordre social et dans lesquels les futurs robins se seraient, sans dégâts importants, fait la main.

Le projet fut abandonné pour raison d'économie.

...Mais revenons à la médecine.

Autant les médecins civils trouvent dans leurs hôpitaux force éléments d'application, autant les médecins militaires se voient dénués de matières à pratique sérieuse.

Si la jambe cassée est fréquente, la poitrine défoncée par un éclat d'obus à la mélinite se rencontre peu; par le temps qui court.

Les typhoïdes pleuvent, mais le grand coup de sabre sur la physionomie est bien rare.

Et les balles de Lebel qui vous traversent le corps, qui de vous peut se vanter d'en avoir tant vu ?

On a bien la ressource des accidents de polygone et de quelques épisodes de notre expansion coloniale.

Dérisoire !

De ce lamentable état de choses résulte un pénible vernis d'amateur se projetant sur tous ceux de nos médecins militaires qui sont en exercice depuis pas plus d'une trentaine d'années.

Beaucoup de ces praticiens n'ont pas encore vu, de leurs yeux vu, l'ombre d'une plaie par les armes à feu.

Alors, quand le Grand Jour viendra, pourra-t-on compter sur eux ?

Sauront-ils panser nos glorieuses, mais mortelles peut-être, blessures ?

C'est, obéissant à ces légitimes préoccupations, que moi Captain Cap j'adjure, deux grandes nations européennes — l'heure n'a pas encore sonné de les désigner plus clairement — de former un pacte des plus intéressants.

Ces deux nations, ennemies depuis un tiers de siècle, s'arrangeront au printemps prochain pour avoir des grandes manœuvres communes.

Un corps d'armée de la première marchera contre un corps d'armée de l'autre.

Les fusils, les canons seront remplis de réels projectiles. Les escadrons chargeront pour de vrai, et on ne mettra pas de bouchons à la pointe des baïonnettes.

Alors, seulement les médecins militaires de chacun de ces peuples pourront apprendre leur métier et acquérir une profitable expérience.

Inutile d'ajouter qu'on tiendra une comptabilité exacte des tués et blessés et que ce chiffre entrera en décompte sur les victimes de la prochaine guerre.

Voilà, je pense, une des mesures les plus humaines qu'une nation vraiment civilisée aurait prises depuis longtemps.

Et l'on aurait ainsi des médecins militaires qui seraient autre chose que de vulgaires amateurs.

CHAPITRE XLVI

Où l'on voit le Captain Cap, alors jeune homme, abuser de sa science chimique pour jeter le trouble dans un intérieur bourgeois.

Partagez-vous mon opinion? M'est avis qu'on ne doit faire aux bons serviteurs nulle injure, même légère.

Contre un peu d'or, ces gens nous consacrent leur temps et leur travail : nous sommes quittes, sans avoir à jeter dans la balance l'appoint des méprisants vocables et des gestes hautains.

D'ailleurs, tenez pour certain que les domestiques nous conservent toujours un chien de leur chienne, et qu'ils savent à miracle, quand il y a lieu, nous retrouver au tournant.

Écoutez plutôt l'excellente plaisanterie que certaine cuisinière de mes amies (j'entends ainsi que cette cuisinière est une de mes amies et non point qu'elle est la cuisinière d'une de mes amies), qu'une cuisinière de mes amies, dis-je, servit un jour à des patrons injurieux et stupides.

Cette cuisinière, qui s'appelait Clémence, était une brave cuisinière, sachant son métier sur le bout du doigt et, malgré sa nature fougueuse et tendre, parfaitement correcte en son service.

Ses patrons se composaient de commerçants bassement nés, louchement enrichis et d'autant plus insolents.

La femelle, surtout, à gifler.

— Clémence! ne cessait-elle de piailler, Clémence, votre veau marengo est complètement raté.

Muette, Clémence se contentait de hausser les épaules.

— Clémence! insistait la chipie, votre mouton empoisonne le suif.

Même jeu de la part de Clémence.

Un jour, ce fut à la salade que l'exécrable vieille s'en prit.

— Qu'est-ce que c'est que cette salade? C'est avec de l'huile à quinquet que vous l'avez accommodée?

Et à partir de ce moment, Madame n'arrêta pas de hurler après la salade de la pauvre Clémence.

Elle acheta son vinaigre elle-même et son huile pareillement, le vinaigre chez le duc d'Orléans lui-même, et l'huile chez Olive en personne.

La salade n'obtint pas plus de succès.

La faute en fut alors aux proportions : il y avait trop d'huile et pas assez de vinaigre.

Ou réciproquement.

La vieille, enfin, décida qu'elle ferait sa salade elle-même.

... A cette époque, Clémence avait pour amant notre ami Cap, jeune encore et préparateur de chimie à l'École anormale.

Informé des tortures de sa bonne amie, Cap proposa :

— Veux-tu rigoler?

— Je ne demande pas mieux.

— Bon... Je t'apporterai de l'huile et du vinaigre dont tu rempliras les fioles *ad hoc*, un jour où il y aura grand dîner chez tes singes.

Le futur Captain livra à son amie un vinaigre composé d'un mélange d'acides sulfurique et nitrique.

L'huile se trouva remplacée par de la bonne glycérine, légèrement teintée de jaune.

... Tous ceux de nos lecteurs qui ont seulement passé deux ou trois ans dans une sérieuse fabrique de dynamite, savent que le mélange des corps ci-dessus forme ce qu'on est convenu d'appeler de la nitroglycérine.

Quand le mélange est opéré brusquement et sans précaution, il se produit une élévation de température bientôt suivie d'une de ces explosions après lesquelles on n'a qu'à tirer l'échelle (s'il en reste).

Les choses se passèrent comme il était prévu.

Malgré le grand tralala du dîner de ce soir, la dame tint à accommoder sa salade elle-même. Alors le saladier fut réduit en miettes et la chicorée violemment projetée sur tous les assistants.

Malheureusement l'accident ne se borna pas à ces quelques dégâts.

La vaisselle et la cristallerie crurent devoir se brusquement fragmenter, et aussi, la table ainsi que la figure et les membres de ces messieurs et dames.

Pendant ce temps il y avait dans la cuisine deux personnes qui n'avaient jamais tant ri.

———

CHAPITRE XLVII

Inconvénient d'une mauvaise prononciation.

William Bott, que le Captain Cap baptisa fort spirituellement Henry Bott chaque fois qu'il abuse des *stars and stripes* (1), est un Bostonien fort aimable, et des plus distingués, ainsi que sont, pour la plupart, les gens de Boston.

C'est à son propos que j'écrivis ces vers de rime assez plaisante, n'est-ce pas :

> Bott, en dansant la valse et le boston usa
> Le parquet de Mary Webb (U. S. A.) (2).

Débarqué en France au printemps dernier, cet Américain, sur la recommandation de Cap, devint tout de suite mon ami.

Le français qu'il parlait était un français irréprochable déjà; seuls, quelques mots auraient gagné à être plus correctement prononcés.

Ainsi, il disait *flott*, *pott*, comme si ces mots, à l'instar de son nom, eussent comporté deux *t*.

Sur une simple observation, il rectifia ces petites imperfections, et parla bientôt aussi purement que M. Le Bargy.

Je me suis beaucoup attaché à mon ami Bott, esprit original, et tout de primesaut.

Un matin que je l'avais rencontré sur la plage, il me proposa un match à la carabine.

J'acceptai d'autant plus volontiers que je connais les personnes qui tiennent le tir, jeunes et délurées Montmartroises dont la jolie sœur aînée porte un nom fort connu dans l'armorial de la galanterie parisienne.

Bott, excellent tireur pourtant, dut s'incliner devant mon écrasante supériorité : après un grand nombre de cartons, il renonça à la lutte et paya la note ès mains d'une des jeunes filles, cependant que je complimentais l'autre sur la jolie tournure que prenait sa taille.

— Au revoir, mesdemoiselles.

— Au revoir, messieurs... On vous reverra cet après midi?

— Peut-être.

Bott avait l'air tout chose.

— Qu'avez-vous, ami Bott ? fis-je.

— J'ai que cette petite Charlotte vient de me tenir des propos auxquels je n'ai rien compris.

— Quels propos?

— Voici textuellement ce qu'elle m'a dit : *« Ça ne serait pas à faire que j'en aurais un ! On a déjà bien assez de mal à gagner sa pauvre galette sans refiler encore à des mectons qui se f... de vous ! »*

— Que lui aviez-vous dit qui amenât cette énigmatique réponse?

— Pour lui payer les 17 fr. 50, frais de notre match, je lui donnai un louis et, comme elle se disposait à me rendre la monnaie, je lui offris gracieusement (car elle me plaît beaucoup, cette petite) : « Gardez le tout, mademoiselle, ce sera pour votre *dot*. »

— Et vous avez prononcé le mot *dot*, sans faire sonner le *t*?

— Dame, oui, comme vous m'avez indiqué pour *flot*, *pot*, etc.

— Alors je m'explique tout ! La petite aura compris que vous lui donniez de l'argent pour son *dos*.

— C'est moi qui ne comprends plus.

---

(1) *Stars and stripes*, autrement dit les *étoiles et les raies*. Dans un verre-flûte, versez, sans mélanger, crème de noyaux, marasquin, chartreuse jaune, curaçao et verre fine champagne.

Voilà pour les raies.

Quant aux étoiles, vous les apercevrez aussitôt que vous aurez, d'un seul coup, lampé cette spiritueuse polychromie.

(2) Prononcez *United states America*.

— Dos est le terme argotique et bien par-
en par lequel on désigne les gentlemen
ui se font de détestables revenus avec l'in-
onduite de leurs compagnes.

— Horrible! horrible! Qu'est-ce que cette
illette va penser de moi?

Et Bott tint à revenir tout de suite au tir,
porter ses excuses à la petite Charlotte et
lui offrir une jolie bague, pour laquelle la
petite citoyenne du dix-huitième arrondissement lui sauta au cou et l'embrassa de
grand cœur.

Alabazam cocktail. Glace pilée, quelques gouttes d'angustura et de jus de citron, cuillerée à café de curaçao, remplissez avec cognac, passez, zeste de citron, servez. Tel est l'*Alabazam*.

Ale-flip. Au début d'un rhume, rien de tel qu'un *ale-flip*. Vous le préparez ainsi. Faites chauffer un demi-verre de pale-ale, mélangez à part un œuf avec une cuillerée à bouche de sucre en poudre, saupoudrez de muscade. Après avoir bien battu le tout, versez lentement dans la bière en remuant vivement par petite quantité. Cette boisson est une sorte de lait de poule à la bière.

American grog. Faites chauffer moitié vieux rhum, moitié eau, sucrez et ajoutez un rond de citron dans lequel vous aurez fiché quatre clous de girofles. Réchauffant et stimulant.

American-lemonade. L'*american-lemonade* se fabrique comme la limonade ordinaire, sucre, jus de citron, eau de seltz. La seule différence est qu'on y doit ajouter une petite quantité de porto rouge.

Angler's cocktail. Êtes-vous comme moi ? J'adore l'*angler's cocktail*. Goûtez-en, vous verrez : glace pilée, quelques gouttes d'angustura, une cuillerée à café d'orange-bitter, une autre de sirop de framboise, complétez avec du gin, agitez, passez, délectez-vous.

Brandy cocktail. Glace en petits morceaux, quelques gouttes d'angustura, une demi-cuillerée de crème de noyau, une autre de curaçao, finir avec fine champagne. Agitez, pressez, zeste de citron, buvez.

Brandy shanteralla. Le *brandy shanteralla*, peu recommandé au sexe frêle, se prépare ainsi : dans glace en morceaux, versez une cuillerée à bouche de curaçao, une de chartreuse jaune, une d'anisette, complétez avec bon cognac.

Champagne-gobbler. Remplissez de glace pilée un grand verre, une cuillerée à café de curaçao, une autre de crème de noyaux, finissez avec tisane de Saint-Marceaux. Remuez, une tranche orange, une tranche citron, fraises et fruits selon la saison. Agi-

tez, versez sur le tout, sans mélanger, un filet de porto rouge. Dégustez avec chalumeau.

Champagne julep. Dans un grand verre, pilez trois ou quatre branches de menthe fraîche avec une cuillerée de sucre en poudre, un verre à liqueur de cognac, remplissez de glace pilée, un verre à liqueur de chartreuse jaune, finissez avec du Saint-Marceaux sec, remuez bien, trempez dans le jus de citron une petite branche de menthe, ajustez-la au milieu du verre, fruits selon la saison, un filet de bon rhum sans mélange, saupoudrez de sucre. Dégustez avec chalumeau.

Coffee punch. Dans un verre rempli de glace pilée, versez une demi-cuillerée à café de curaçao, deux cuillerées à café de sucre en poudre, un verre à liqueur de cognac, un de rhum et un de kirsch. Finissez avec du bon café noir, agitez, passez, buvez avec chalumeau.

Corps e reviver. Cette consommation, d'une si originale fantaisie, est assez difficile à préparer, les produits qui la composent étant eux-mêmes de densités fantaisistes. Il s'agit de verser à l'aide d'une petite cuiller, avec infiniment de précaution pour ne pas les mélanger, les 12 liqueurs suivantes : grenadine, framboise, anisette, fraise, menthe blanche, chartreuse verte, cherry-brandy, prunelle, kummel, guignolet, kirsch et cognac. On avale d'un seul coup.

Cosmopolitan claret punch. Dans un grand verre plein de glace pilée, versez une cuillerée de sirop de framboises, une de marasquin, une de curaçao. Ajoutez un verre à liqueur de fine champagne, finissez avec vieux bordeaux. Une tranche d'orange, fruits selon la saison, chalumeau.

Gin cling. Pour obtenir un *gin cling*, faites chauffer moitié gin, moitié eau, ajoutez sucre en poudre et jus de citron, versez et buvez avant que cela ne refroidisse.

Gin-flip. Dans de la glace en petits morceaux, deux cuillerées de sucre en poudre, un jaune d'œuf bien frais, petite quantité de crème de noyaux, finir avec du *old Tom gin*. Agitez, passez, versez, saupoudrez de muscade. Excellent stimulant au cours des températures rafraîchissantes que ce *gin-flip*

Ice-cream-soda. Cap procède de la sorte : dans un récipient rempli de glace écrasée par lui-même, il verse deux verres à liqueur de crème de vanille et un de kirsch. Il complète avec moitié lait et moitié eau de seltz. On peut varier selon les goûts et remplacer la crème de vanille par de la crème de cacao ou telle autre liqueur qui vous plaira. On peut également substituer le rhum au kirsch.

Irish whisky cocktail. Même préparation que le *brandy-cocktail*, en remplaçant le brandy par de l'*old Tom gin*.

John Collins. Excellente boisson pour matins alanguis, le *John Collins* se prépare de la façon suivante : remplissez un grand verre de glace pilée, deux cuillerées de sucre en poudre, pressez un citron, versez un verre à liqueur de gin, complétez avec eau de seltz ou soda, renversez et dégustez avec des chalumeaux.

Lemon-squash. Le *lemon-squash* n'est autre que notre citronnade ; glace pilée, jus de citron, sucre en poudre, eau de seltz ou soda. Remuez bien, ajoutez un rond de citron.

Mannhattan cocktail. Apéritif exquis que ce *Mannhattan cocktail* : mélange par parties égales de whisky et de vermouth de Turin additionné de quelques gouttes d'angustura et d'une petite cuillerée de curaçao. Glace pilée. Agitez, passez, versez.

Martini cocktail. Un des meilleurs cocktails quand il est bien préparé. Glace en petits morceaux, demi-cuillerée à café d'orange-bitter, de curaçao et de crème de noyau. Finir avec parties égales de gin et de vermouth de Turin. Agitez, passez, zeste de citron.

Mint-julep. Excellent le *mint-julep*, quand on peut se procurer de la menthe fraîche ; Pilez quatre branches de cette plante avec une cuillerée de sucre en poudre, ajoutez un verre de cognac, remplissez de glace pilée, un verre à liqueur de chartreuse jaune, finissez avec de l'eau, bien remuer. Trempez dans du jus de citron une branche de menthe que vous piquez au milieu de votre verre. Ajoutez fruits de saison, versez sur le tout, sans remuer, petite quantité de rhum. Saupoudrez de sucre. Dégustez avec chalumeau.

Pick me up. Le *Pick me up* est, comme l'indique son nom, un ravigotant recommandé. Pour l'obtenir, dans un gobelet d'argent, mettez glace en morceaux, une cuillerée à bouche de jus de citron, une autre de grenadine et une troisième de kirsch vieux. Agitez, passez, versez. Remplissez le verre avec du Saint-Marceaux sec, une tranche d'orange.

Rocky mountain punch. Dans un verre à gobbler rempli de glace pilée, deux cuillerées de sucre en poudre, le jus d'un demi-citron, demi-verre de vieux rhum, une cuillerée à bouche de marasquin, finir avec du Saint-Marceaux, un morceau de sucre candi, fruits selon la saison. Dégustez avec un chalumeau.

Soyer au champagne. Dans un verre à gobbler rempli de glace pilée, versez une cuillerée de curaçao et une autre de marasquin, remplissez de Saint-Marceaux sec, remuez. Au moment de servir, ajoutez sans remuer, quelques gouttes de bonne crème de vanille.

Stars and stripes. *Stars and stripes*, autrement dit les *étoiles et les raies*. Dans un verre-flûte, versez sans mélanger crème de noyaux, marasquin, chartreuse jaune, curaçao et verre fine champagne.

Thunder. Bon réconfortant que le *thunder* : glace en petits morceaux, demi-cuillerée de sucre en poudre, un œuf entier bien frais et un verre à liqueur de vieux cognac, une forte pincée de poivre de Cayenne. Frappez, passez, buvez.

Whisky cocktail. Dans votre verre à mélange mettez quelques petits morceaux de glace, quelques gouttes d'angustura, une petite quantité de curaçao et de liqueur de noyaux, complétez avec du scotch whisky. Agitez, passez et versez. Lorsque le cocktail est servi, coupez délicatement et en fines lames un zeste de citron que vous cassez légèrement en deux afin d'en faire jaillir le jus et que vous plongez ensuite dans le verre.

Whisky stone fence. Le *whisky stone fence*, autrement dit *barrière de pierre* du whisky, n'est autre que d'excellent cidre sucré et frappé, dans lequel vous ajoutez un verre d'irish ou de *scotch whisky*. On peut remplacer ces spiritueux par du calvados.

FIN

LISTE DES VOLUMES

Franco : France... ... 0 fr. 60, Étranger... ... 0 fr. 70

COLLECTION IN-18 JÉSUS A 3 FR. 50

ROMANS, NOUVELLES

ANDRÉ (L.) et Bosc (J.) : *La Haine d'un Gardian.*
ANDRÉIEF (Léonide) : *Le Rire rouge.*
ANNUNZIO (Gabriele d') : *Terre vierge.*
BARRETT (A.) : *Le Mari complaisant.*
BEAUME (G.) : *Monsieur le Député.*
CHABROL (Albérich) : *Le Flambeau.*
CONAN DOYLE (A.) : *Aventures de Sherlock Holmes.*
— *Nouvelles Aventures de Sherlock Holmes.*
— *Souvenirs de Sherlock Holmes.*
— *Nouveaux exploits de Sherlock Holmes.*
— *Résurrection de Sherlock Holmes.*
— *Sherlock Holmes triomphe.*
— *Mémoires d'un Médecin.*
— *Le Drapeau vert.*
— *Les Exploits du Colonel Gérard.*
— *Le Crime du Brigadier.*
— *La Compagnie blanche* (2 vol.).
— *Les Réfugiés.*
— *Le Mystère de Cloomber.*
— *Notre-Dame de la Mort.*
— *L'Oncle Bernac.*
DAUDET (Ernest) : *De la Haine à l'Amour.*
DECOURCELLE (Pierre) : *Les Fêtards de Paris.*
— *Le Curé du Moulin Rouge.*
DEPRÉ (Ernest) : *La Course au Baiser.*
FOLEY (Charles) : *Au Téléphone.*
— *Marion Franchet.*
— *Madame de Lamballe.*
GORKI (Maxime) : *La Mère.*
— *Une Confession.*

GORKI (Maxime) : *Dans le Peuple.*
GUESVILLER (Gustave) : *L'Idole.*
GYP : *Entre la Poire et le Fromage.*
— *Cricri.*
— *Les Chéris.*
— *Les Amoureux.*
— *L'Age du Mufle.*
— *Les Chapons.*
— *Les Petits Amis.*
— *Pervenche.*
HORNUNG (E.-W.) : *Raffles, cambrioleur amateur.*
— *Le Voleur de Nuit.*
HUMIÈRES (Robert d') : *Lettres volées.*
JUNKA (Paul) : *Le Fiancé de Josette.*
LE QUEUX (William) : *Le Policier de Monte-Carlo.*
LE ROUX (Hugues) : *L'Heureux et l'Heureuse.*
LONDON (Jack) : *L'Appel de la Forêt.*
— *Avant Adam.*
MARGUERITTE (Paul) : *La Princesse Noire.*
— (Paul et Victor) : *L'Eau souterraine.*
MARNI (J.) : *Souffrir.*
PERT (Camille) : *La Petite Cady.*
SERAO (Matilde) : *Les Amoureuses.*
— *Histoires d'Amour.*
— *Quelques Femmes.*
SINCLAIR (Upton) : *La Jungle* (2 vol.).
— *Métropolis.*
— *Les Brasseurs d'Argent.*
TRÉMONT (Harry R.) : *Incivilisés.*
YVER (Colette) : *La Bergerie.*

MÉMOIRES, SOUVENIRS

COLLEVILLE (Comte de) : *Un Crime du Second Empire.*
DÉROULÈDE (Paul) : *1870. Feuilles de route.*
— *70-71. Nouvelles feuilles de route.*
GAUTIER (Judith) : *Le Collier des Jours.*
— *Le Second rang du Collier.*

GAUTHIER (Judith) *Le Troisième rang du Collier.*
LAUZANNE (St.) : *Instantanés d'Amérique.*
LOÏE FULLER : *Quinze Ans de ma Vie.*
MILLAUD (Édouard) : *Petites Pages. Rondes d'Ombre.*
THÉNARD (Jenny) : *Ma vie au Théâtre.*

LIVRES GAIS

ALLAIS (Alph.) et SOUDAN (Jean) : *Dans la Peau d'un Autre.*

LIVRES DIVERS

BABET (Louise) : *Le Livre des Mères.*
CALBOLI (Mᵐᵉ Pauluccidi) : *Larmes et Sourires de l'Emigration italienne.*
FAURE (Maurice) : *Pour la Terre natale.*
DAUJAT : *L'Espagne telle qu'elle est.*
LE ROUX (Hugues) : *Le Wyoming.*
— *L'Amour aux Etats-Unis.*

MANORE (Jean) : *Mon Carnet de Pêche.*
MAYBON (Albert) : *La Vie secrète de la Cour de Chine.*
TALMEYR (Maurice) : *La Fin d'une Société. Les Maisons d'Illusion.*
WEINDEL (H. de) et FISCHER (F.-P.) : *L'Homosexualité en Allemagne.*

CORBEIL. — Imp. CRÉTÉ.

LIBER LIBERALIS KOMO BULLA

Ed. MIGNOT EDITOR

IMPRIMERIE CRÉTÉ
CORBEIL (S.-ET-O.)